104398 (Série)
v. 1

Malika Ferdjoukh

Quatre sœurs

Enid – *tome 1*

Médium
11, rue de Sèvres, Paris 6ᵉ

Du même auteur à *l'école des loisirs*

Collection MÉDIUM
Fais-moi peur
Faux numéro
Rome l'enfer
Sombres citrouilles

Merci au CNL pour la bourse sabbatique attribuée à cette
« tétrade » en... 1993 – Au siècle dernier, donc.

À paraître
Quatre sœurs : Hortense tome 2
Quatre sœurs : Bettina tome 3
Quatre sœurs : Geneviève tome 4

Pour Naïma, Cassandre,
Orane et Mélinda, quatre sœurs.

L'automne

1

Parfois, Enid aurait préféré avoir un peu moins de sœurs.

— Deux m'auraient suffi, confia-t-elle à Gulliver Doniphon qui partageait avec elle la banquette du car scolaire.

Gulliver se pinça la paupière gauche, examina avec tendresse son pouce où trois cils venaient de rendre l'âme :

— Si tu n'avais que deux sœurs, tu choisirais qui ?

Enid se pencha pour contempler, très intéressée elle aussi, les cils défunts de Gulliver.

— J'en sais rien. J'ai pas dit que je choisirais.

— Quatre moins deux égale deux. Si deux suffisent, celles qui restent sont à mettre à la poubelle.

Enid fixa Gulliver avec perplexité, vaguement choquée même. Il expédia d'une pichenette désinvolte les

7

cadavres de cils en direction du dossier de devant. Gulliver Doniphon avait sept frères et sœurs.

– Faudrait pouvoir faire un roulement, conclut-il. Un jour l'une, un jour l'autre.

Le car freina sur cette improbabilité. Enid dit salut à Gulliver puis à la cantonade avant d'empoigner son sac à dos. Elle était la seule élève à descendre à cet arrêt.

Sur le marchepied, déjà, le vent redressa ses cheveux et les pans de sa parka en l'air. Quand elle sauta sur le talus ce fut pire, elle faillit s'envoler. Heureusement son sac pesait autant que si elle y hébergeait trois éléphanteaux.

– Ciao Verre-de-lait ! lança la voix de Liselotte Porot par une vitre prestement refermée.

Enid décida que, pour la peine, demain elle l'appellerait Lisebotte Poireau, et que…

Impossible. Ni demain, ni après-demain. Pour la bonne raison que ce serait samedi et dimanche.

Elle entendit les rires de ses camarades. Et plus rien, parce que le bus était reparti, que le vent soufflait autour, que les buissons et les bruyères chahutaient partout à l'infini de la lande.

Cette année elle devait faire dix-sept pas depuis l'abribus jusqu'au chemin qui conduisait à la maison. Dix-huit l'automne dernier. Preuve que ses jambes allongeaient.

Dix-sept pas donc. Et l'impasse de l'Atlantique commençait ; un sentier ainsi baptisé par les cartes routières car il finissait dans l'océan du même nom. Pour arriver tout au bout, jusqu'au bord de la falaise

— « *au bout du bout* », disait Hortense —, il fallait marcher sur six cents mètres de lande très fruste et très misanthrope.

Mais avant le bord, juste avant la falaise et la mer, il y avait la Vill'Hervé. La maison.

Enid courut le long de la bosse centrale du chemin, là où le genêt traçait un joli jaune fanfaron. Son sac à dos lui donnait la silhouette d'une tortue en compétition avec un lièvre invisible.

Le drôle de chemin. Il y avait beaucoup d'agitation au creux des broussailles, des frémissements, des frénésies miniatures. Une multitude s'y cachait ; des êtres pas méchants, curieux comme des pies, légers comme des esprits, poltrons, malicieux, élastiques, tout petits. Enid faisait bien attention où elle posait les pieds.

Elle dépassa la maison de vacances toute fermée des Brogden (au n° 6). Ensuite (au n° 4), le pavillon à un étage qui avait été la maison de gardiens de la Vill'Hervé, inoccupé depuis des années.

La voiture de Basile arriva soudain en face, Enid ralentit. La voiture aussi. Quand elles furent l'une à côté de l'autre, la vitre descendit, la tête de Basile apparut, que le vent ébouriffa presto.

— Tu rentres de l'école ? demanda-t-il en souriant.

Elle lui fit la bise sans répondre. D'où aurait-elle bien pu venir, à cette heure-ci ? De Patagonie ?

Elle lui sourit. Basile avait l'air embarrassé. Comme souvent. Pas uniquement avec les enfants, avec les grandes personnes aussi.

— Il y a quelqu'un de malade ? demanda Enid.

Basile était médecin.

– Non. Je passais juste pour dire bonjour.

Basile était médecin, mais d'abord – et surtout – amoureux de Charlie, l'aînée des cinq sœurs Verdelaine. Le bras replié en travers de la portière, il contemplait le bouton de sa manche.

– Et toi ? ajouta-t-il distraitement. L'école ?

– Mmmoui.

Ce n'était absolument pas une réponse, mais Basile hocha la tête comme si Enid venait de lui exposer le bilan complet de sa vie scolaire. Il n'écoutait pas et elle le savait bien.

– Tu donneras ça à Charlie ?

Il tira un paquet de la boîte à gants. (Voilà à quoi il pensait, en fait, depuis le début de la conversation.)

– C'est quoi ?

– Un bouquin que je lui avais promis. Tu y penseras ?

Enid s'étonna :

– Charlie n'est pas à la maison ?

– Je n'ai vu personne.

Ils se regardèrent sans plus savoir quoi dire. Cela arrivait fréquemment avec Basile. Mais ce n'était pas grave puisqu'il était un vieil ami de la famille. Pour ainsi dire il était de la famille. Tout le monde savait qu'un jour il épouserait leur grande sœur Charlie même si tout-ça-tout-ça (etc. !) demeurait encore très flou.

Il fit une mimique. Probablement qu'il ne connaissait rien de mieux pour faire sourire une petite fille de neuf ans et demi. Ses yeux demeurèrent mélancoliques. Enid découvrit subitement que les cheveux de Basile étaient devenus plus pâles. Ou peut-être qu'il en avait moins…? C'est vrai qu'il était vieux! Ils avaient fêté ensemble ses vingt-neuf ans en septembre.

Sa voiture démarra vite, comme un scarabée emporté par la bourrasque, en direction de la route, tandis qu'Enid repartait sur le chemin en boxant les rafales.

Quand elle arriva au double porche, la maison semblait vide, en effet. Enid se mit à courir, pressée de se mettre à l'abri du vent et de ses hurlements effrayants. La Vill'Hervé était une grosse chose en granit brun et beige, avec des lucarnes aux frontons, une tourelle dodue à l'arrière qui cachait un escalier à vis, de petites niches à pigeons en bordure des toits. Enid débHoula dans le hall en claironnant:

— Houhou! C'est mouâââ…

Personne.

Elle en profita pour ne pas s'essuyer les pieds et balancer son sac au milieu du salon. Elle se déchaussa, se tortilla pour s'extraire de sa parka et bifurqua dare-dare côté cuisine.

Elle y débusqua un cake aux noix (signé Geneviève), s'en coupa deux tranches, chacune épaisse comme un cahier de 254 pages. Et elle se versa un gobelet de sirop à la violette. Ingrid et Roberto apparurent pour quémander des miettes.

— Moi d'abord! leur rétorqua Enid. Vous ne revenez pas de huit heures d'école, vous!

Et alors ? riposta leur œil indigné. Les deux chats ne la lâchèrent pas d'un mollet avant d'avoir eu un brin de comestible à se coller derrière la moustache.

Comme elle leur versait une lichée de crème Mont-Blanc vanille (denrée habituellement réservée aux bipèdes humains), des bruits sourds ébranlèrent la vieille maison. Enid leva les yeux au plafond. Charlie était donc là !

— T'es où ?

Toujours aucune réponse. Mais un instant plus tard, il y eut les *pang-pang-pang* d'un marteau. Ça venait de la tour… Engloutissant la seconde tranche de cake, le paquet de Basile sous le bras, Enid monta en courant. Comme toujours elle passa très vite devant la quatrième porte du premier étage ; très vite et sans regarder. Au bout du corridor elle s'arrêta au bas de l'autre escalier.

— Charlie ?

Les marches de cet escalier à vis étaient très hautes. Ces grands blocs de pierre étaient si étroits dans les angles qu'une danseuse même très douée n'aurait pas pu s'y dresser sur les pointes.

— Charlie !

Enid frissonna. Dans la vieille tour, lorsque le vent soufflait comme aujourd'hui, il vous gelait sans que l'on sache exactement d'où il venait.

— Déjà là ? répondit (enfin) une voix dans les hauteurs. Il est quelle heure ?

Une jeune fille en jean et chemise à manches roulées apparut au détour du colimaçon : Charlie, vingt-trois ans, un marteau à la main, des clous au coin de la bouche.

— Qu'est-ce que tu fabriques ?

— Je répare la porte de la chambre d'amis. La dernière fois qu'il y a eu un grain, elle a claqué toute la nuit et on n'a pas fermé l'œil, tu te rappelles ?

Charlotte, dite Charlie, aînée de toutes les sœurs Verdelaine, secoua son poignet qu'elle plaqua à son oreille, et grogna :

— Saloperie de montre.

— Il va y avoir un grain ?

— La météo a lancé un avis de tempête. Quelle heure il se fait ?

— L'heure de goûter ? suggéra Enid, angélique.

— N'essaie pas de me faire croire que tu n'as pas ouvert le frigo.

Sa petite sœur lui tendit le paquet.

— Pour toi. Basile m'a bien recommandé de ne pas oublier.

Charlie cracha ses clous, les fourra dans une poche, se frotta les mains contre les hanches et prit le paquet.

— Basile ? Tu l'as vu ? Pas dans le car de l'école, j'imagine ?

— Dans l'impasse.

— Il aurait pu pousser jusqu'ici.

— Il est venu. Il n'a trouvé personne.

Le regard bleu de Charlie sur sa jeune sœur fut traversé d'une lueur indéfinissable. Elle haussa les épaules.

– Rien vu, rien entendu. L'idiot. Il sait pourtant que la maison est grande. Avec ce vent en plus. Bon, va goûter. Geneviève a fait un cake aux noix ce matin.

Elle pointa le menton sur le chandail d'Enid.

– Quelque chose me dit que tu y as déjà goûté.

– Tu ne l'ouvres pas, ce paquet ?

– Tu as goûté le cake ?

– Une tranche ! plaida Enid en époussetant les miettes délatrices.

– Va pour une deuxième. Mais pas trois. Vu ?

– Qu'est-ce que tu crois ! J'ai pas envie d'avoir mal au cœur.

Enid redescendit à cloche-pied l'escalier à vis pour retrouver la cuisine, et se tailler sa troisième tranche.

– Ne te gêne surtout pas, dit sa mère qui apparut, assise sur le coin de la table, et comme toujours sans prévenir.

Elle portait le short bleu et le bain-de-soleil que les filles lui avaient offert l'été avant sa mort. Ce n'était pas du tout une tenue de saison mais elle ne semblait pas avoir froid.

Elle ne pouvait pas avoir froid.

– Il en reste, argua Enid.

– Je croyais que tu n'avais pas envie d'être malade.

– Je ne serai pas malade.

Elle avala sa tranche. Sa mère disparut (là aussi, sans prévenir). Et le cake pesa un peu plus qu'il aurait dû dans l'estomac d'Enid.

Quand Bettina rentra du collège, Geneviève et Hortense étaient déjà arrivées par le bus précédent.

— J'étais avec les copines, se dépêcha-t-elle d'expliquer avant qu'on la questionne. Béhotéguy ne comprenait rien à notre problème de maths.

— Votre problème ce n'était pas plutôt Juan ? susurra Hortense.

Juan était le fils Heurtebise de la pâtisserie « À l'Ange Heurtebise ». Il avait débarqué une semaine plus tôt de Paris pour aider sa mère et, depuis, Bettina et ses copines raffolaient des viennoiseries.

— La ferme, grommela Bettina, yeux mi-clos, sac à dos pointé façon lance-roquette sur sa cadette.

Enid renifla comme si ça empestait :

— Il est vieux. Il a quinze ans.

— J'ai dit : la ferme ! gronda Bettina, la menaçant à son tour.

Charlie attendit que le hasard les réunissent toutes les cinq dans la cuisine pour annoncer :

— La mère d'Andrée-Marie s'est cassé la cheville.

Elle était en train de remplir des formulaires de la Sécurité sociale sur le coin de la grande table en bois noir. Charlie attendait toujours d'en avoir une pile de dix pour s'offrir une chance de se voir rembourser un total magnifique. Ce qui n'arrivait évidemment jamais.

— En faisant une randonnée en Bolivie, compléta-t-elle. Ou en Mongolie. Enfin quelque part par là.

— Par là où ? ricana Hortense. La Bolivie se trouve en Amérique du Sud, et la Mongolie...

— Je sais où se trouve la Mongolie, coupa Charlie. C'était pour faire court.

— Tu as au moins le mérite de renouveler la dérive des continents.

— La mère d'Andrée-Marie a été rapatriée chez elle.

Elles connaissaient toutes de vue Andrée-Marie qui travaillait chez Hubuc Laboratoires, dans la même unité de recherche que Charlie. En outre, Charlie parlait souvent d'elle dans ce que Bettina appelait « Le petit feuilleton socio-entomologique d'Hubuc Lab ».

— Elle a toute notre sympathie, dit Hortense avec une politesse pleine de gravité, de sorte qu'on se demanda si elle faisait de l'ironie ou non.

— Mais en quoi doit-on se sentir absolument concernées ? ajouta Bettina.

Charlie ne quitta pas des yeux le formulaire en cours de remplissage : *Si le malade n'est pas l'assuré...*

— Andrée-Marie part au chevet de sa mère. Paul est dans le Midi...

— Qui est Paul ?

— Son mari. Il fait la tournée des hôpitaux.

— Il est malade aussi ?

— Il représente Hubuc Laboratoires.

— Je me répète, en quoi cela nous concern...

— Nous sommes en zone B. L'internat de Colombe est en zone C.

— Colombe ? Ils élèvent des oiseaux en plus ?

— Colombe. Leur fille.

— Quel drôle de nom, dit Enid. Pour une fille.

— Mais *C'EST* un nom de fille !

— Je veux dire pour un humain, précisa Enid.

— J'en connais une, question prénom, qui ferait mieux de...

Charlie abandonna sa phrase en milieu de chemin.

— Tu disais que tu voulais faire court, l'encouragea Bettina.

Charlie signa son ultime formulaire de la soirée, le glissa dans une enveloppe où il retrouva ses semblables. Elle soupira :

— Faisons court. On va héberger Colombe à la Vill'Hervé quelques jours. Le temps des vacances de la zone C.

Elle regarda ses sœurs en un bref panoramique :

— J'insiste, dit-elle, pour qu'aucune de vous ne la traite de noms d'oiseaux !

Et une rafale dans la cheminée ponctua son air sévère d'une gerbe d'étincelles violettes.

2

L'Emmerdeuse
ou
Couette vole!

— Ah merde! s'exclama Bettina devant son ordinateur. Salope de Ligea!

Ce qui ne troubla nullement ses sœurs. Bettina apostrophait Lady Ligea Headless et ses treize Dark Pumpkins. Il étaient neuf heures du soir.

Allongée à même la tomette, devant la cheminée obèse et tordue de la cuisine, Enid se faisait béatement piétiner le foie par Roberto. Hortense lisait intensément (Hortense lisait toujours intensément) *Marjorie Morningstar*, appuyée d'un coude sur le banc, son talon gauche calé dans une moulure du vaisselier mitoyen. Quelque part à l'étage, Geneviève pliait du linge; c'est ce qu'elle avait annoncé et c'était sûrement vrai puisque ses sœurs avaient appris que Geneviève ne mentait jamais.

Debout devant la gazinière, Charlie faisait des tests culinaires. L'air sentait la châtaigne tiède.

– Ah merde ! répéta Bettina, toujours à l'adresse de Lady Ligea.

Ce fut son dernier juron de la soirée, le calme revint. Du moins à l'intérieur de la maison. Car au-dehors la tempête faisait rage. Le vent n'avait cessé d'enfler au fil des heures, tordant les bruyères de la lande, secouant les gonds et les châssis de la vieille maison, ses hurlements montaient de la falaise comme une meute aux ventres creux.

Charlie, à son fourneau, fit volte-face en fixant bien droit la ligne d'horizon de sa cuillère en bois.

– Tu es sûre de la recette ? dit-elle à Hortense. Je n'arrive pas à obtenir la consistance d'une confiture.

– Inspire-toi du cerveau de Bettina.

– Abrutie, grogna Bettina.

– Goûte ça, ordonna Charlie.

Sans cesser de lire, Hortense inclina la tête en ouvrant le bec. Charlie y versa un peu de la mixture.

– Soit c'est dur comme du caramel, soupira-t-elle. Soit c'est mou comme, euh…

– … du caramel mou ?

Hortense avala. Sa langue fit un numéro de claquettes. L'œil toujours rivé au destin de Marjorie Morningstar, elle énuméra :

– Trop de sucre. Trop ferme. Pas assez cuit. Peut mieux faire.

Charlie pivota. Et re-pivota (ce qui la ramena au point de départ), en maugréant :

– À cause de Bettina. Elle était censée surveiller la balance quand je versais le sucre.

— Le monde entier sait que c'est Bettina qu'il faut surveiller.

— Abrutie, grogna derechef Bettina.

— Des couettes ! s'exclama Enid, le nez collé à la buée de la fenêtre.

— Qu'est-ce qu'elle raconte, elle ?

Enid s'était perchée sur la tablette encastrée sous la fenêtre. Roberto sur une épaule, Ingrid sur un bras, elle scrutait les turbulences de la nuit.

— On dirait des couettes qui volent, répéta-t-elle. Les nuages.

Mais la question avait déjà été oubliée. Charlie rajusta les gros chenets à têtes d'ours dont on ignorait s'ils ouvraient les mâchoires pour rire ou pour mordre. Elle tisonna, jeta une bûche, le feu grimpa.

— J'aime mieux la crème de marrons en boîte, surtout celle d'Hyper-Promo, fit Enid. Roberto aussi.

Elle réfléchit avant d'ajouter :

— Ingrid, je sais pas.

Bettina hurla « Téléphone ! », laissant Lady Ligea Headless en plan sur l'écran pour courir décrocher.

— Il est où ce téléphone ? aboya-t-elle. Enid ! Si tu l'as encore oublié aux W.-C…

Elle le dénicha au fond d'une casserole, se rappelant qu'elle l'avait posé là tout à l'heure, après le coup de fil de son amie Denise.

— Allô ?

À l'autre bout, il y eut des violons. Puis une voix :

— Hortense ?

— Non. C'est… Geneviève, mentit Bettina en reconnaissant son interlocutrice.

Elle fit une grimace et appliqua l'écouteur sur son foie comme un stéthoscope :

« L'Emmerdeuse ! » articula-t-elle en silence. En train d'écouter son crooner au nom mortel !

Le jeu favori de Bettina quand l'Emmerdeuse téléphonait était de lui faire croire qu'elle parlait à quelqu'un d'autre.

— Comment vas-tu, tante Lucrèce ? demanda-t-elle, obséquieuse.

— Mal. Tu le sais. Mes acouphènes toujours. Et je t'ai déjà raconté ma thalasso ratée à…

— C'est à Bettina que tu as raconté ta thalasso ratée, tante Lucrèce, pas à moi.

Bettina faillit ajouter : « Pour les acouphènes, tu n'as qu'à moins écouter tes crooners à la noix. »

— Vraiment ? s'étonna tante Lucrèce. Je croyais que tu étais Bett… Oh, on ne s'y retrouve jamais entre vous cinq ! Quelle idée de…

— Hortense veut te parler, dit Bettina. Je te la passe.

Elle ne lui passa pas du tout Hortense. Elle compta jusqu'à huit, le temps de quelques grimaces, et sans même prendre la peine de contrefaire sa voix :

— Tante Lucrèce ? reprit Bettina. C'est moi Hortense. Comment vas-tu ?

— Eh bien, comme je le disais à ta sœur… euh, laquelle c'était déjà… ?

— Geneviève, tante Lucrèce, l'assura sans vergogne Bettina.

— Geneviève ? Ah ?… Peu importe. Je lui disais que ma thalasso avait…

Geneviève débarqua à ce moment-là dans la cuisine, une bassine de linge propre sur la hanche :

— C'est qui ?

Bettina lui fit une imitation de tête de lama. Puis de requin-scie. De cochon préhistorique. De chameau atrabilaire. Geneviève prit l'écouteur.

— Tante Lucrèce, c'est toi ? Geneviève. Peux-tu répéter, s'il te plaît ?

Bettina retourna à sa place, en pouffant avec Enid. Personne n'aimait beaucoup tante Lucrèce, mais Geneviève était la seule à culpabiliser.

La voix de leur tante résonnait dans l'appareil, audible à dix mètres. Avec, comme toujours, en fond sonore, les violons et la voix de... comment s'appelait-il déjà, ce chanteur en bonbon rose dont elle raffolait tant ?

— ... je viens de poster votre chèque, conclut tante Lucrèce. Je précise que ça m'a coûté un aller-retour à pied dans le froid alors que le docteur m'a donné l'ordre formel de ne pas mettre le nez...

— Le chèque, répéta Bettina. Elle l'a posté !

Geneviève lui fit signe de baisser la voix. Tante Lucrèce était leur cotutrice légale. Décision prise à la mort de leurs parents par le juge qui avait trouvé la responsabilité trop lourde pour leur seule aînée. Dans la pratique, ça se résumait à un chèque de tante Lucrèce le 2 du mois, et à sa visite le 36. Situation qui convenait à toutes.

Quand Geneviève raccrocha après moult remerciements, elles s'écroulèrent avec des rires comme des hennissements.

Mais c'était un rire trop fort. Trop véhément pour être joyeux, trop puissant pour ne pas dissimuler une douleur plus puissante encore.

— Est-ce qu'elle écoute autre chose que ce chanteur au nom à coucher dans la lune ?

— Si ça la met de meilleure humeur pour faire des chèques...

— En tout cas, il arrive pile celui-là. Avec la...

— Humperdinck.

— Hein ?

— Le nom de son crooner. Engelbert Humperdinck.

— Un nom pareil, ça peut servir de bigoudis.

— Ou de corde à nœuds.

Elles rugirent.

— Tu peux répéter ? C'est quoi ce nom à coucher dans le métro ?

— Engelbert Humperdinck.

— À tes souhaits.

Elles se calmèrent ; le bruit de la tempête reprit le dessus. Un voile de tristesse tomba alors sur toute la vaste cuisine, jusque dans l'âtre où les têtes d'ours étaient bien les seules à rire dans la vieille cheminée tordue. Ce fut comme une brume, une poudre grise, comme un éclairage qui baisse.

Pour Charlie, Enid, Geneviève, Bettina et Hortense Verdelaine, chaque coup de téléphone de tante Lucrèce leur rappelait avec violence que leurs parents étaient morts.

Un claquement brutal les fit sursauter. Toutes les cinq tournèrent la tête. Une des hautes fenêtres à meneaux s'était ouverte. Les battants frappèrent le mur à toute volée, et rebondirent, et claquèrent à nouveau, sous les poings du vent. Une bourrasque cracha un ballot de feuilles, et gonfla le rideau jusqu'au plafond comme un jupon.

Il fallut se mettre à trois pour en venir à bout et refermer. Le rideau retomba mollement. Bettina darda un œil accusateur sur Enid.

— Qui a tripoté le loquet ?

— Pas moi ! affirma l'incriminée.

Sa voix tremblait. La violence du vent l'avait effrayée.

— J'espère qu'il n'y a personne en mer en ce moment, murmura Hortense, et sa voix leur donna à toutes le frisson.

Serrant son torchon, Charlie suçait pensivement sa cuillère en bois. Elle leva un coin de rideau pour scruter la nuit déchaînée.

— On dirait des explosions.

— Ce sont les vagues au bas de la falaise.

— Il faudra, dit Charlie soucieuse, faire abattre le vieux sycomore. J'ai peur qu'il ne résiste pas à la prochaine tempête. On aurait déjà dû s'en occuper.

— Le sycomore ?... Mais Swift, alors ? Et Blitz ?

Blitz était l'écureuil, et Swift la pipistrelle, qui avaient élu domicile dans le tronc creux du vieil arbre.

— Ils se trouveront un autre hôtel. On leur donnera le *Guide du routard* du parc.

Enid se jeta dans les bras de Geneviève, fermant fort les paupières.

— J'ai peur, s'écria-t-elle d'une voix menue.

Elle resta blottie, agrippée à la taille de sa sœur.

*
* *

Charlie se couchait en principe la dernière. Auparavant elle faisait la tournée bisous. Elle montait embrasser toutes ses sœurs, même Bettina qui avait treize ans et demi, même Geneviève qui en avait quinze passés. Leur mère avait fait cela chaque soir et l'aînée avait pris la relève.

Pour commencer on entendait le *tlêêk* de l'interrupteur qu'elle allumait au rez-de-chaussée, puis c'était son pas, net, tonique, sur les marches du Macaroni, le grand escalier qui desservait les paliers de la Vill'Hervé. Enfin c'était son ombre, puis sa voix, par l'entrebâillement des portes.

Quand Charlie arriva dans la chambre d'Enid ce soir-là, elle trouva Geneviève qui y faisait du repassage. Pour être précis, Geneviève repassait l'intérieur du lit d'Enid. La couette était rabattue, le fer glissait sur le drap du dessous. Une vapeur s'échappait.

— C'est quoi ce trafic ?

— J'avais froid ! geignit Enid.

— Les draps sont humides, expliqua Geneviève. Quand on rentre dedans, ça grince.

— Zriiixxzeeeeeee ! fit Enid, imitant au plus près le grincement d'un talon nu sur une toile de drap mal sèche.

— Ça n'arriverait pas si tu aérais ce lit, observa Charlie. Tous les matins je te le serine.

26

– Zriiixxzeeeeeee… Zriiixxzeeeeeee…

– Allez hop, fini. Dodo ! dit Geneviève.

Elle débrancha le fer qu'elle rangea debout sur le
rebord intérieur de la fenêtre après avoir patiem-
ment enroulé le fil dans son compartiment. Geneviève faisait toujours les choses de cette façon,
patiente, méticuleuse, parce qu'elle aimait que la
Vill'Hervé soit une maison agréable.

– Elle sont bien fermées, mes fenêtres ? dit Enid
en s'enfouissant entre les draps tout chauds.

Charlie vérifia les crémones, les volets, le radiateur. Après quoi elle dit que tout était OK, zou on
dort ! au nez qui dépassait du bord de la couette.
Elle embrassa le nez en question, Geneviève aussi,
et les deux grandes quittèrent la chambre de la
petite.

Enid fit définitivement disparaître le bout de
narine qui sortait encore. Ne restaient que ses yeux,
bien noirs, qui allaient de gauche à droite de la
pièce, et inversement. C'est-à-dire de la commode
aux lambris, des lambris à la commode, où un nœud
dans le bois avait l'air d'une grenouille plongeant
dans le troisième tiroir.

Avec précaution, Enid sortit une épaule, un bras,
puis elle émit un genre de *chouk chouk chouk* avec le
coin des lèvres. Deux ombres grises jaillirent aussitôt des profondeurs de l'obscurité. Deux ombres qui
savaient qu'il fallait rester coites, sans moufter, tant
qu'elles n'avaient pas entendu ce *chouk chouk chouk*.
Signal que «l'ennemi» (au hasard : Charlie) était
loin. Roberto et Ingrid s'arrondirent dans un creux

de couette et s'endormirent aussi sec. Avec parfois un pivotement des oreilles qui indiquait que si la tempête ne les impressionnait pas, ils ne l'oubliaient pas.

— Ce n'est rien, 2, 3, 4, du tout, dit soudain papa. Souviens-toi, 6, 7, de ce grain… non, c'est vrai, 9, 10, tu étais trop jeune, tu ne peux pas, 11, 12, 13, te rappeler…

Il était en train de faire ses pompes au sol, au rythme du vent. Comme maman, il savait apparaître au moment inattendu. Et à son habitude, il n'était pas très bien coiffé.

— Tu n'es pas très bien coiffé, lui dit Enid avec un peu de sévérité. Et tes chaussettes ne sont pas de la même couleur.

— 17, 18, ah ? (Il vérifia.) Exact. Heureusement, 21, que tu es là pour me le dire.

— Tu viens me faire un bisou ?

Il se mit debout et lui donna un énorme baiser très bruyant, qui la chatouilla. Un qui faisait rire. Elle rit. D'accord, papa n'était jamais bien coiffé mais il sentait bon et il la faisait rigoler. Elle le scruta, devenant grave.

— C'est long comment, l'éternité ? demanda-t-elle.

Et bien entendu il disparut à ce moment-là. Elle aurait dû s'en douter. Depuis sa mort, papa ne répondait plus aux questions.

Enid resta immobile, à écouter les volets tirer avec colère sur les loquets comme des molosses sur leurs laisses, et les arbres qui craquaient, et les vagues qui frappaient la falaise avec l'air de vouloir la démolir.

Avec un soupir, très fort, très long, mais qui ne couvrit pas le tapage, elle finit par se boucher les oreilles, fermer les yeux, et dormir.

*
* *

Un hurlement déchirant l'éveilla en pleine nuit.

3

L'escalier est un gouffre sans fond
ou
C'est quoi ce trafic ?

Elle s'assit d'un bond. Puis elle retomba au creux de son oreiller, absolument terrifiée. La tempête n'était donc pas finie ? Enid inclina la tête pour mieux écouter. Sans respirer.

Dehors, quelque chose craquait et grinçait en même temps ! Et la petite fille eut le pressentiment brutal qu'un malheur immense arrivait.

Elle alluma la lampe. Ingrid et Roberto étaient en alerte eux aussi, museau vibrant, moustaches tendues. Enid sauta du lit ; elle enfila vite ses pantoufles, empoigna les chats à bras-le-corps et courut à la porte.

Une muraille de ténèbres se dressa devant elle. Impossible de sortir. Impossible de voir les choses du couloir, des choses qu'elle voyait pourtant un million de fois par jour ! Où était le parquet ? Et les murs au joli tissu rayé ? Et le bahut rouge ? On ne distinguait rien.

Au bout de ses chaussons le sol était un précipice noir. Elle resta figée sur le seuil de la chambre comme au bord d'une montagne. Si elle avançait un seul orteil, elle serait immédiatement happée dans un gouffre sans fin.

Elle se mit à trembler. Les chats sentirent sa peur et leurs griffes crochetèrent les manches de son pyjama.

– Comment se fait-il que tu ne dormes pas ?

Tlêêk.

La lumière. Les objets bondirent aussitôt à leur place. Le parquet. Le bahut rouge. Les murs. Le tissu rayé. C'était bien le couloir qu'on connaissait, celui de tous les jours, où elle patinait en chaussettes quand on venait de cirer, ce brave vieux couloir de la Vill'Hervé. Avec, debout au milieu, Geneviève, en chemise, qui la toisait d'un œil un tantinet sévère.

– Qu'est-ce que tu fabriques plantée dans le noir ? Et les chats, qu'est-ce qu'ils font ici avec toi ?

Enid lâcha les deux bestioles qui dévalèrent le Macaroni avec la plus grande innocence.

– Je ne trouvais pas le bouton pour allumer !

– Ça n'explique pas pourquoi les chats ne sont pas dans leur panier et toi dans ton lit.

– J'ai entendu un grand cri, et on aurait dit quelqu'un qui avait mal, et ça m'a réveillée en sursaut, et j'ai eu peur, et...

– C'est le sycomore. Le vent le fait craquer de partout, mais il tient bon. Allez, zou ! Au lit !

Enid était soulagée d'apprendre que le cri n'était pas un vrai cri, mais elle restait inquiète. Dans le grand sycomore qui gigotait et était secoué de partout, Blitz l'écureuil et Swift la chauve-souris devaient être morts de peur dans leurs trous.

— Tu veux du lait chaud ? proposa Geneviève.

Après vous avoir fait les gros yeux, Geneviève essayait toujours de vous faire plaisir.

— Hon, hon, dit Enid.

— Alors dodo. Fourre ta tête sous la couette, tu n'entendras rien.

Enid s'abstint de remarquer qu'elle faisait ça depuis le début, en vain. Et Geneviève pouvait causer ! Elle, elle dormait dans le lit clos du grand-tonton Ephrem, un lit qui fermait comme un placard. Le seul endroit de la maison où, en ce moment, la tempête ne devait pas plus déranger qu'un froissement de Post-it. Pour être franc, Geneviève occupait ce lit parce que aucune de ses sœurs n'avait jamais voulu «roupiller dans une boîte». Maintenant elle l'adorait et ne l'aurait laissé à personne.

Enid quémanda un ultime bisou et réintégra sa chambre en laissant la porte ouverte. Ceci pour faciliter le retour d'Ingrid et de Roberto qui, parfaitement au courant, revinrent après dix minutes.

— Chut ! leur dit Enid, un doigt sur les lèvres comme s'ils menaçaient de se lancer dans une conférence. Pas un mot, je dois redescendre.

Après avoir attendu le *piuliik* qui indiquait que, dans sa chambre, Geneviève avait éteint sa lampe, Enid se releva, enfila son pantalon, son gros chandail gris avec *Colorado Territory* imprimé dessus, et remit ses pantoufles.

– Je vais dans le parc, expliqua-t-elle aux chats que ce remue-ménage assommait. Je vais donner mon écharpe jaune à Swift, la rouge à Blitz. Ils auront moins froid. Et ils pourront se cacher la tête dedans.

Elle sortit à pas de loup, écharpes jaune et rouge à son cou. Les couloirs de la Vill'Hervé étaient déserts. Ses autres occupantes au fond de leurs lits d'où peu de choses auraient pu les tirer.

Pour autant il ne fut pas facile à Enid de se faufiler dehors. Couloirs et escaliers étaient vides, mais aussi extrêmement sombres. La lune fit une apparition, mais si brève entre les nuages qui roulaient au galop qu'on aurait cru un éclair. Et tout replongea définitivement dans le noir.

Puis il y avait cette fichue quatrième porte... Vite, Enid fila devant. La dépassa. En fermant les yeux.

Le Macaroni. Toutes ses marches grinçaient. Exprès probablement. Pour un peu Enid aurait remercié la tempête dont le vacarme couvrait tout.

La porte du hall donna également matière à réflexion. Il ne fallait pas qu'elle lui échappe des mains, elle allait devoir la retenir très fort, sinon elle claquerait sur le mur et alors...

Avec précaution elle poussa le gros fauteuil à oreilles contre le battant. Enid tira lentement le verrou, tourna la clef, le loquet.

C'était une porte ventrue, en bois épais, aux ferrures lourdes. Le gros fauteuil ne résista pas. Sitôt le loquet levé, vent et porte le renversèrent avec furie et il se retrouva les quatre pieds en l'air au milieu du hall. Le porte-parapluie en fer bascula. Enid n'eut que le temps d'agripper la porte et de s'y retenir.

Ce raffut... Quelqu'un allait forcément venir ! Geneviève encore ? Charlie ? Oh là là ! Vite !...

Enid respira un grand coup et, sans même tenter de refermer ce qui ne pouvait plus l'être, elle plongea dans l'ouragan.

*
* *

Cent bras l'arrachèrent vers cent directions différentes. On la tira, on la poussa, on voulut l'enfoncer dans le sol, la propulser vers ces nuages qui roulaient comme des rochers...

Elle tomba par terre, un de ses chaussons s'envola. Elle pensa à Swift, à Blitz, au sycomore... Elles étaient où, les écharpes ? Ah, son cou. Elle les noua d'un deuxième nœud, par prudence.

Quand elle restait par terre le vent paraissait moins méchant. Mais dès qu'elle essayait de se mettre debout, il voulait lui arracher la tête. Elle s'étendit sur le sol et rampa.

L'herbe était sèche et glissait doucement sous ses coudes. Ce n'était pas la façon la plus rapide d'avancer, mais la meilleure de tromper l'ouragan.

Au pied du sycomore, elle siffla les deux notes qui tiraient habituellement Blitz hors de sa maison. Il ne se montra pas. Dormait-il ? Mais peut-être n'entendait-il pas avec ce boucan ?

Elle se dressa, s'accrocha à une poignée d'herbes. L'arbre était creux, mort depuis plusieurs années. D'ailleurs Enid avait longtemps cru que le métier d'un *syco-mort* était de servir de repaire aux insectes, mulots et autres habitants minuscules.

— Swift ! Blitz !

Le tronc était trop large pour ses bras, alors elle agrippa ses ongles à l'écorce.

— Blitz ! Swift !

Il pleuvait des cailloux, des rafales, des poussières, des herbes sèches. Elle se rappela une légende où un typhon faisait voler les vaches. Le *Magicien d'Oz*, où une tornade emportait le petit chien Toto de l'autre côté de l'arc-en-ciel. Était-elle au cœur d'un cyclone ? Allait-elle s'envoler par-dessus la falaise ?

— Ta mère ! hurla Enid avec ardeur. Je ne m'envolerai pas comme une vache !

Au même instant, le sycomore oscilla. Il émit un très long craquement. Enid leva les yeux avec angoisse. Était-ce un cri d'arbre, son cri de sycomore, cet horrible grincement ? Criait-il quelque chose ?

Elle lâcha le tronc comme s'il brûlait. Une bourrasque en profita pour la traîner à plat ventre sur la pelouse vers les massifs de fleurs. La margelle du puits passa à toute allure près d'elle.

Enid tendit la main mais ses doigts dérapèrent. Elle hurla encore, ballottée d'un bout à un autre de la pelouse, comme une balle entre des raquettes géantes. Elle fut projetée dans le massif de zinnias.

Enid y demeura aplatie, étourdie. Lorsqu'elle rouvrit les yeux, elle assista au spectacle le plus effrayant du monde : *le sycomore était en train de grandir !*

De seconde en seconde il grandissait ! Ses racines le soulevaient sur lui-même, hors de lui-même, hors de la pelouse, elles se tordaient comme des pieuvres, et le sol montait et descendait comme si un monstre enfoui venait de s'y réveiller.

Le cri d'Enid se mêla à celui du sycomore lorsqu'il bascula et se fracassa à l'intérieur du puits.

*
* *

— Il était redevenu vivant, raconta-t-elle à ses sœurs, on le voyait sortir de la terre, on aurait dit qu'un ogre l'arrachait, et alors...

— Et alors on roupille ! coupa Hortense en lui donnant une pichenette.

Les quatre aînées avaient décidé qu'après une telle émotion, la petite ne devait pas dormir seule. Ladite petite en profita pour réclamer le lit clos de Geneviève.

— Personne n'a jamais voulu de ce lit ! râla Geneviève pour la forme.

— Mais tu adores jouer à l'infirmière ! dit Bettina soulagée de ne pas avoir à partager son territoire (sa chambre si jolie !) avec cette petite brute d'Enid.

— En tout cas pas de chats ! avertit Geneviève.

— Quels chats ? fit Charlie.

Enid dévia prestement la conversation :

– Ni Blitz ni Swift ne m'ont répondu ! geignit-elle.

– Preuve qu'ils sont intelligents, eux !

– Et qu'ils sont restés à l'abri, eux !

– Tu crois qu'ils sont toujours dans le sycomore ?

– Sûrement pas. Un écureuil ça saute, une chauve-souris ça vole !

– … et un bébé, ça dort !

– Je ne suis pas un bébé.

– Tu n'es pas non plus un écureuil.

Geneviève, sur la plus haute des trois marches du lit clos, remonta la couette sur sa petite sœur, et la borda pendant que les autres s'éclipsaient en bâillant. Enid garda les yeux fermés.

– Tu aurais pu être blessée ! chuchota Geneviève en éteignant la lampe. Je ne t'avais pas dit de rester au lit ?

Enid ne répondit pas. Geneviève enjamba le bord du lit clos, se glissa sous la couette à côté de sa sœur et rabattit la porte. Le bruit de la tempête devint un genre de lointain ronflement.

– … Si le sycomore t'avait démolie, toi, au lieu du puits, hein ?

Mais le sommeil venait d'emporter Enid. Dehors, loin, étouffé par les parois du lit clos, l'ouragan balbutiait. Geneviève posa la tête sur son bras replié et s'endormit aussi.

4

Mme Chaudière et M. Belmonbiche
ou
Au secours, le lait déborde !

Au matin le vent était tombé mais il avait tout refroidi : les murs, la mer, le ciel, les orteils.

Dans la maison somnolente, Charlie s'arracha du lit avec, brrr, des centaines de frissons dans le dos. Si l'automne avait oublié d'apparaître en septembre, il doublait les bouchées pour rattraper son retard, le fourbe ! Vite, elle enfila son plus-vieux-plus-gros-pull par-dessus son pyjama, puis ses pantoufles, et descendit à la cuisine.

Brrr. Et re-brrr. Malgré les efforts du plus-vieux-plus-gros-pull, elle grelottait. Un soupir de vapeur blanche jaillit en cornet de ses lèvres. Le premier froid... Ça signifiait qu'il allait falloir tirer Mme Chaudière de son hibernation estivale...

L'horreur. Car, furieuse d'avoir été abandonnée deux saisons, la dame en question prenait une semaine de vengeance en se livrant à toutes sortes de représailles. Chaque année, pareil.

On avait bien déjà évoqué le remplacement de la rombière pour une efficace et juvénile installation mais, après cinq devis, Charlie opta pour le *statu quo* : les prix demandés étaient trop affolants.

— Navré, désolé, pardon, dit son père en s'asseyant en tailleur devant la niche à bois. J'aurais aimé vous laisser plus d'argent.

Elle lui jeta un coup d'œil. Attifé comme un voleur de poules, évidemment. Il pouvait être si élégant quand il voulait !

— Que fais-tu dans ce pantalon de golf ? dit-elle.

— J'ai attrapé le premier truc dans l'armoire ce matin. Il fait froid ?

— On gèle, dit-elle. C'est l'automne, ici. Où est maman ?

— Elle rend visite à une voisine. Pour la chaudière, tu ne peux pas demander un crédit ?

Elle soupira tout en cherchant les allumettes.

— Il faudrait un crédit pour les nouilles, le pain, l'eau, la moutarde, la bouffe des chats, tout. Si tu vois la boîte d'allumettes…

Il la lui montra, posée sur un angle de tiroir entrouvert. Il semblait chagriné. Charlie lui tapota le genou.

— Tu n'as jamais gagné d'argent, papa, dit-elle doucement. Et tu t'habilles comme un balai. Mais c'est pour ça qu'on t'aime.

Elle l'embrassa et il disparut. Son père était la personne que Charlie avait adoré le plus au monde.

Si ses sœurs avaient su qu'elle faisait la causette avec lui près de deux ans après sa mort... Elle eut un petit rire.

Elle posa bouilloire et casserole de lait sur la gazinière. Elle se rendit ensuite dans le local mitoyen où logeait Mme Chaudière. Laquelle était une ventrue débonnaire, l'air de tout sauf d'une enquiquineuse. Mais ne pas s'y fier, surtout. Cette ronchon pouvait se montrer vraiment garce.

— Hello-hello-hello, lui susurra Charlie de sa voix la plus enjôleuse. On a bien dodo ? On veut miam-miam ? Prête à flamber sans histoires, sans casser les pieds au pauvre monde ? Bravo-bravo-bravo...

Elle la gavait de journaux et de petit bois depuis dix bonnes minutes quand il y eut un bruit de pas dans la cuisine.

— Qui que tu sois, cria-t-elle, plongée jusqu'au plexus dans la gueule de la chaudière, surveille la casserole de lait et fais griller les tartines !

Au grognement, elle devina que le « qui-que-tu-sois » était Enid. Intuition que confirma l'apparition de deux masses poilues nanties de pattes et de ronrons automatiques. À leur sourire félon et leur mine effrontée, il était évident qu'Ingrid et Roberto avaient dormi sur le lit d'Enid. Un de ces soirs, se promit Charlie (comme chaque matin), elle les chasserait à coups de balai.

— Tu as mis tes chaussons ? cria-t-elle.

Enid apparut sur le seuil. Oui, elle avait mis ses chaussons, chiffonnés par leur virée nocturne, mais mettables. Charlie se félicita *in petto*. La petite sœur devenait grande. L'an dernier, Enid pouvait rester en chemise, à claquer des dents et à rabâcher : « J'ai froid, j'ai froid, j'ai froid », sans penser que l'antidote était d'enfiler un pull.

– Le puits est tout dégringolé à l'intérieur. Il ressemble au dernier gâteau au yaourt d'Hortense.

Charlie comprit exactement ce qu'Enid voulait dire.

– Mmm, grommela-t-elle en s'extirpant des intestins de la chaudière. Le couvercle s'est cassé net. Ça va coûter bonbon encore. Comme si on avait besoin de ça. Tu n'oublies pas le lait ?

Docile, Enid alla voir, trouva le lait on ne peut plus serein, dans sa casserole, sur son feu. Elle revint.

– Le sycomore aussi est tout dégringolé, dit-elle. Comment on va le sortir ?

Charlie ne répondit pas : elle était au moment crucial où il fallait tourner « LE » bouton stratégique, côté cœur, de Madame Chaudière. Un millimètre de trop ou de pas assez, et la vieille chipie ferait grève.

– Hein, dis ? Comment on va faire ? insista la petite.

– Enid, articula Charlie avec une douceur qu'un étranger aurait jugée angélique mais qu'Enid savait vénéneuse, peux-tu la boucler trois minutes s'il te plaît ?

Enid la boucla.

Charlie aspira profond. Elle empoigna « LE » bouton et, très délicatement, tourna, tourna,

tourna… Ce fut le moment que choisit Roberto pour témoigner son affection: il sauta à pattes jointes sur l'épaule de Charlie.

Charlie lâcha « LE » bouton. Et tout de suite après un gros mot. Si gros, si énorme qu'il frappa le chat comme une pierre et le fit déguerpir en flèche sous l'étagère à bocaux.

Enid resta bouche bée. Était-ce bien Charlie, sa grande sœur Charlie, qui venait de proférer ce… Oui, aucun doute, même qu'elle le répétait une deuxième… non, une troisième fois !

— Va falloir attendre deux heures maintenant ! Et vider tous les journaux ! Et le petit bois ! Et se geler les fesses toute la matinée ! Si je revois ce x… de x… de x… d'animal, je le…

Lorsque Ingrid entendit Charlie exposer ses projets, elle prit la tangente à son tour. Dans la cuisine, quelqu'un hurla :

— Le lait déborde !

C'était Hortense. Elle coupa le gaz, vint s'appuyer à la porte du local. Le visage de ses sœurs portait l'expression d'une insondable consternation.

— Alors ? persifla-t-elle. On met du lait sur le feu et on laisse sans surveillance ?

La mimique d'Enid l'avertit, mais trop tard. Charlie poussa un cri de bête enragée.

Tout dégringolé à l'intérieur. Le jargon d'Enid avait le mérite d'être clair : la margelle du puits s'était effondrée sous la chute du sycomore comme dans une implosion.

– Bien sûr c'est pas qu'avec son poids que c't'arbre a tout écrabouillé, expliqua le monsieur de l'entreprise que Charlie appela.

À vrai dire il était le remplaçant du remplaçant du monsieur de l'entreprise que Charlie appela, car « avec c'te tempête de c'te nuit, pas une maison qu'a pas eu son pet » !

– Les pierres d'vaient être mal jointes, moisies même, dit le monsieur. A suffi que le tronc en frappe une, et bang ! boule de neige !

– Bang boule de neige ? répétèrent les filles.

– Comme un sucre qui fait tomber un sucre qui fait tomber un autre sucre… ? dit Geneviève.

– Voilà, fit le monsieur.

Il s'appelait Belmonbiche Philippe. Il mastiquait un chewing-gum vert qui apparaissait entre ses dents de côté chaque fois qu'il prononçait des mots avec des *é* et des *i*.

M. Belmonbiche contemplait la moitié inférieure du sycomore, la seule visible. Le reste étant dans le puits. Le brave végétal y avait plongé avec une belle énergie, tête la première. Ses racines pointaient au ciel leurs milliers de tentacules.

– Le pauv' vieux, soupira M. Belmonbiche.

Et les cinq sœurs eurent en mémoire, à la même seconde, la voix de leur père en train de soupirer *« Pauvre vieux ! »* devant le tronc, debout mais mort, du sycomore. *« Il est né avec votre grand-mère Dina. Je ne peux pas l'abattre, j'aurais l'impression d'enterrer cette pauvre femme deux fois. »*

Le sycomore y avait gagné un sursis. Brous-

sailles, lierre, mousse venant lui prêter appui et sou-
tien.

— Mais Blitz et Swift ? s'écria Enid.

— Tu crois qu'ils sont au fond du puits, eux
aussi ? s'informa Bettina pleine de curiosité.

Le chewing-gum de M. Belmonbiche parut
s'interroger sur le sens des mots « Swift » et « Blitz ».

— Qu'est-ce que... commença M. Belmonbiche.

— Blitz ! cria brusquement Enid.

— Écoute, commença Charlie en prenant un ton
de circonstance. Si Blitz se trouvait dans l'arbre au
moment de la chute, il y a des chances pour... je
veux dire une probabilité que...

— Blitz ! hurla à nouveau Enid.

C'était une exclamation d'allégresse. Un mini-
parachute roux s'élança du hêtre voisin et vint
rebondir sur la poitrine de la petite sœur.

— Blitz, répéta doucement Enid en serrant l'écureuil contre elle.

M. Belmonbiche se gratta le pavillon de l'oreille
du bout de l'auriculaire.

— Ça va coûter combien, ces travaux ? attaqua
Charlie.

Il déplia les doigts un à un, en énumérant :

— Dépose du tronc pourri. Enlèvement et débar-
ras des gravats. Remplacement d'une dalle en
marbre. Pose et scellement de pierres de paroi.
Rebouchage. Cimentage...

— Combien ? coupa Charlie.

Elle n'avait pas aimé « tronc pourri » pour désigner
l'arbre vénérable qui avait vu naître l'aïeule Dina.

Belmonbiche énonça un chiffre qui les fit pâlir.

— Pour un puits à sec ? se récria Charlie.

— Un puits qui ne sert à rien ? renchérit Hortense. Tari depuis un siècle ?

— Qu'on garde pour la déco ? dit Bettina.

— Pour faire joli ? précisa Enid.

— Pour le souvenir ? dit Geneviève.

— Si cher ? insista Charlie.

Cerné, M. Belmonbiche eut le recul de Jason devant les Gorgones, et manqua déglutir son chewing-gum.

— Pour le vernis, il n'y a pas d'urgence, concéda-t-il. On peut s'en occuper plus tard.

— Combien sans le vernis ?

Sans, le résultat donnait autant le vertige qu'avec. Hortense secoua ses cheveux courts.

— Autant nous bouffer les tripes, dit-elle d'une voix lugubre. À la sauce gribiche.

— Je pense, commença Charlie, qu'on va très bien se passer de ces trav...

— Autre proposition ! s'exclama M. Belmonbiche. On débarrasse c't'engeance (*Le sycomore ! Une engeance !* Charlie frémit.) On rebouche le puits. Trois quarts de boulot en moins. Le prix suivra.

— C'est-à-dire ? insista Bettina.

Il annonça une somme nettement plus raisonnable. De toute façon leur budget était tellement ric-rac que le plus bas des prix ne conviendrait jamais.

Mais le spectacle permanent du vieux puits démoli, gueule ouverte, avalant le sycomore tel un

boa digérant un dinosaure, était par trop déprimant.
Charlie dit « OK ça marche », avec un soupir.

— Pas dans l'immédiat, dit M. Belmonbiche avec
un petit arrondi de chewing-gum côté molaires.

— Quand ?

— Avec c'te tempête n'y a que des pets, je vous
dis. Rendez-vous dans que'qu' jours ?

— Bon.

C'était déjà assez triste de penser que, cette nuit,
le sycomore mort était réellement mort.

*
* *

— J'arrête de fumer, annonça Charlie à Geneviève sur la plage.

Elle secoua la jambe pour délivrer son bottillon
que la vase absorbait avec tendresse. Elle rattrapa
sa sœur.

— Espérons que ce sera la bonne, répondit Geneviève, neutre. Voilà quarante-douze fois que tu
arrêtes.

Elle ramassa une poignée de varech qu'elle
secoua et jeta dans la bassine en plastique rose que
portait Charlie.

— Minute. Je n'arrête pas totalement. Je
t'explique : en fumant la moitié de ma ration hebdomadaire, je ferai une économie annuelle qui
nous permettra de payer M. Belmonbiche haut la
main.

— Hein ? Attendre un an avant de déblayer le
sycomore et boucher le puits ? s'écria Geneviève.

Au bout de sa main se balançait un goémon en forme de bonhomme desséché.

– Non. Mais il n'est jamais trop tard pour faire des économies. Écoute...

Et tout en remplissant d'algues la bassine rose, Charlie expliqua que, puisqu'elle achetait un paquet par semaine, ça signifiait qu'elle fumait 2,8571428 cigarettes par jour, donc qu'en fumant la moitié, c'est-à-dire 1,4285714, elle divisait par deux sa dépense hebdomadaire, soit une économie de 52 fois...

– On rentre ? l'interrompit Geneviève qui venait d'apercevoir un rassemblement de nuages renfrognés, là-bas, sur l'océan. Il va pleuvoir !

Charlie secoua la bassine rose pour y répartir les algues. Elle se demanda si c'était une si bonne idée. Pas de rentrer à la maison – vu la tronche sinistre du ciel c'était l'évidence –, mais si ça valait le coup de se priver de 1,4285714 cigarette par jour pour une maison qui menaçait de crouler à chaque grain. Tout ça pour économiser 52 fois... combien déjà ?

– J'espère qu'on ne va pas se taper une nouvelle tempête cette nuit ! dit-elle en glissant son bras sous celui de sa sœur jusqu'à l'escalier pointu à flanc de falaise.

À la maison, il y avait Hortense qui écrivait mystérieusement (Hortense écrivait forcément mystérieusement), pelotonnée contre le radiateur du salon. Bettina qui regardait le clip des « Un trou dans la tête » à la télé. Enid qui reniflait et se mouchait.

– Tu pleures ?

— Non, répondit Enid, les yeux remplis de larmes.

Geneviève s'agenouilla près d'elle.

— Qu'est-ce que tu as ?

Geneviève sentait la vase et le varech. Parfois Enid trouvait que ça sentait bon, d'autres fois non. Là, c'était bon.

— Elle croit, intervint Bettina, que sa copine Dracula a été écrabouillée pendant la chute du sycom...

— Elle s'appelle pas Dracula ! Elle s'appelle Swift.

— Tout le monde sait que les vampires se changent en chauves-souris.

Charlie fronça les sourcils.

— Il existe, grogna-t-elle, des vampires avec des cheveux roux, une queue-de-cheval, des baskets à semelles d'air et une grande gueule !

En réponse, Bettina cala son casque télé de part et d'autre de sa queue-de-cheval rousse, et piaula avec le clip sur l'écran « *Tell me youuuu love me Juniiiie Moooon* »... Enid lui lança un coussin qui passa à côté. Bettina finit par quitter la pièce.

La petite se blottit au creux des bras de Geneviève. Là elle prit sa décision. Si Swift était dans le puits, blessée, prisonnière des branches, elle descendrait au fond et la délivrerait.

5

Sainte Colombe et Sainte Nitouche
ou
Le fantôme est un musicien

Le vent s'était levé, la pluie tombait. En quinze
secondes de parc, Enid fut trempée des cheveux
aux chaussettes. Les ourlets de son jean se mirent à
peser vingt kilos, son pull la tira vers le bas.

Devant le puits elle contempla le sycomore qui
n'avait pas l'air bien intelligent, comme ça, à faire le
poirier, les pieds en haut et la tête en bas. Il avait
davantage l'allure d'un long poireau, d'ailleurs, que
d'un poirier. En tout cas pas très fute-fute.

— Swift ? appela-t-elle.

Elle se pencha sur la margelle. Des gravats. Des
branchages qui bouchaient le vue. Enid appela la
pipistrelle. Elle écarta une branche. Dans l'inter-
stice, cria :

— Swiiiiiift !! Répooooonds !!

C'est alors qu'il se passa *quelque chose.*

Une rafale de vent arriva de la mer, enflant, gros-
sissant en ballots de brindilles qui tournèrent dans

l'espace et autour du puits, comme les boules de cristal de Tintin. Enid eut la sensation très bizarre que des vibrations de cordes l'emplissaient tout entière, comme si sa poitrine était devenue un violoncelle, ou une guitare. Ses côtes résonnaient, jusqu'à son cœur, jusqu'à ses poumons, d'un *vibrato* profond, enfoui, souterrain.

Un son éclata à ses oreilles. Une voix? Ou bien des sanglots... Des sanglots d'opéra, une voix en pleurs, une musique bizarre qui remplissait l'air, le parc, la pluie, et même les brins de pelouse.

Enid hurla. Comme la fois où elle avait aperçu un bout de *Scream* sur la vidéo de Bettina. Elle détala à la vitesse de l'éclair tandis que l'étrange musique, derrière, gémissait et sanglotait, de plus en plus fort.

*
* *

Charlie et Geneviève revinrent trempées, puantes et frigorifiées du potager où elles avaient gavé d'algues la machine à compost. Dans le salon, la télé hurlait à tue-tête et Hortense vociférait:

— Éteins cette putain de télé! Comment veux-tu que je me concentre!

— Tu n'as qu'à aller dans ta chambre! rétorqua Bettina qui entonna « *Tell meeee youuu love me Juniiiie* »...

— Je veux être dans le salon! Tu ne peux pas m'en empêcher!

Bettina se tourna vers les deux aînées qui débarquaient:

— Vous pouvez dire à cette rabat-joie qu'elle m'enquiquine sérieux ? dit-elle en désignant Hortense d'un pouce plein de mépris.

— Elle a enlevé son casque dès que vous êtes sorties ! Et que je te mets la télé à fond ! C'est bien pour emmerder le monde !

Charlie alla appuyer sur le bouton de la télévision, qui émit un houps d'étonnement et se tut. La moutarde chatouilla Bettina :

— Y en a marre ! Elle n'a qu'à aller écrire ses âneries ailleurs !

— Ce ne sont pas des âneries ! Ce ne sont pas des âneries ! Ce ne sont pas...

Un flot de larmes étouffa Hortense. Loin d'en être émue, Bettina lâcha :

— Pétasse.

Elle poussa le bouton de la télé, qui émit un hips de surprise avant de recommencer à brailler. Hortense s'effondra en pleurs.

— Suffit !! tonna Charlie.

Elle tira la prise électrique. La télé proféra un couac d'indignation avant de se taire définitivement. Folle de rage, Bettina attrapa le cahier qu'Hortense serrait contre son estomac. Un stylo traversa l'espace du salon. Bettina se mit à rire et à sautiller autour de la table comme une démente, et à secouer le cahier tous azimuts. Hortense devint toute blanche.

— Rends-moi ça ! souffla-t-elle.

— Rends-lui, Bettina ! supplia Geneviève.

Gambadant autour de la table, Bettina ouvrit le cahier au hasard et lut d'une voix de stentor :

— ... *ne m'accorde pas plus d'importance que si j'étais une cafetière. Mais j'observe et je juge. Et une cafetière qui juge ça peut faire très mal...*

Elle gloussa de joie, se tortilla de bonheur.

— Une cafetière qui juge? cria-t-elle, secouant le cahier comme un drapeau. Ça veut dire quoi? Ça n'a ni queue ni tête ce que tu écris ma pauvre amie! C'est pour ces conneries que tu nous casses les pieds?!

Hortense était si pâle qu'elle en était presque grise. Elle se jeta à plat ventre sur la table et agrippa sa sœur par le chandail. Bettina eut beau tirer, repousser la main qui la tenait, donner des tapes, crier « Lâche-moi! Laisse-moi! » Hortense tint bon.

Charlie se lança également en travers de la table, un peu au hasard, sans but précis. Geneviève se dit qu'il était temps de prendre le genre de décision courageuse qu'elle ne prendrait jamais, comme par exemple jeter une casserole d'eau froide sur tout le monde.

Un toussotement, soudain, les arrêta toutes et leur fit lever la tête.

À l'entrée du salon, se tenait une fille qu'elles ne connaissaient pas. Une fille qui portait un manteau bleu marine et une lourde tresse brune qui reposait tranquillement sur son épaule droite. De ses yeux limpides, interrogateurs, elle contemplait les quatre sœurs. Hortense qui sanglotait de rage sur la table, arrimée au pull de Bettina qui secouait le cahier en riant comme une possédée. Geneviève et Charlie échevelées qui empestaient la vase et la vieille algue.

— Bonjour, dit l'inconnue à tresse brune. Je me suis permis d'entrer. J'avais sonné quatre fois avant.

Dans sa bouche ce fut une simple énonciation, absolument pas un reproche.

— Je suis Colombe, la fille d'Andrée-Marie. Maman a dû vous dire.

— Colombe ! s'écria Charlie en se redressant. Bien sûr.

— Vous m'attendiez plus tard, je sais, mais la SNCF ne m'a pas laissé le choix. Soit j'arrivais maintenant, soit vers minuit.

Elle avait une voix douce, unie, liquide.

— Tu as très bien fait, dit amicalement Geneviève.

Bettina dévisagea avec curiosité cette Colombe qui roucoulait des phrases stupéfiantes, comme « La SNCF ne m'a pas laissé le choix », elle la détailla avec attention et sut quasi instantanément qu'elle ne serait jamais l'amie de cette fille-là.

Hortense en profita pour récupérer son cahier et l'abriter sous son tee-shirt.

La porte se rouvrit avec fracas. Le vent projeta au milieu du tapis une pauvre Enid ébouriffée, sans respiration, tremblante.

— Il y a un fantôme dans le parc ! couina-t-elle. Un fantôme qui pleure et qui chante ! Je viens de l'entendre !

Charlie adressa à Colombe un sourire qu'elle voulut à tout prix rassurant.

*
* *

Bettina avait le privilège d'une salle de bains pour elle toute seule, par le simple fait que sa chambre était isolée côté tour. Ce n'était donc pas un cadeau de ses sœurs. Plutôt un moyen d'avoir la paix, la durée d'occupation d'une salle de bains par Bettina allant de quarante-cinq minutes (si elle était pressée) à deux heures et plus (dimanches, vacances et fêtes).

Pour Bettina c'était *ad hoc*. Avec un *hic*, pourtant, en cas d'invités. Sa chambre étant contiguë à la chambre d'amis, elle devait obligeamment (voire *obligatoirement*) partager *SA* salle de bains avec tout visiteur de la Vill'Hervé.

À elle, donc, l'honneur de montrer les lieux à Colombe.

– Voilà, dit-elle en ouvrant la chambre d'amis.

– C'est très joli. Et… oh, ça donne sur la mer !

Même chose chaque fois. Comme s'ils découvraient le Grand Canyon sur Mars. Bettina pointa son doigt blasé vers le couloir.

– La salle de bains est à côté.

Elle dégagea d'une chaise les vestiges de ses essayages matinaux: pulls, robes, jupes, pantalons, chemises, jeta tout en vrac dans le panier à linge qu'elle referma d'une belle claque.

– Elles sont à toi ces petites boîtes ? s'émerveilla Colombe. Et ces adorables flacons ?

Bettina escamota une boîte et deux flacons. Ce qui libéra une surface de dix centimètres carrés sur une étagère bourrée à craquer. Elle dit:

– Comme ça, tu peux y ranger des affaires.

— Je n'ai rien de ce genre. En fait, je ne sais pas me maquiller, avoua Colombe avec un sourire coupable. J'ai essayé une fois. Une vraie cata. (Après une hésitation :) Tu m'apprendras ?

— Mmm, fit Bettina sans se compromettre. Là, tu as la penderie. Elle est pleine, mais tu n'as pas l'air d'avoir tellement, euh, de vêtements.

Colombe tapota sa petite valise.

— C'est vrai, rit-elle. Je ne m'encombre jamais en voyage.

Bettina dut s'avouer que Colombe s'illuminait d'une beauté très particulière lorsqu'elle riait. Mais cette tresse était une aberration. Et ces chaussures ! Et ces fringues morfondues !

— Tu as voyagé beaucoup ? dit-elle pour être polie.

— Mes parents ont bossé pour des labos un peu partout. Tokyo. Rio. Le Cap. Abidjan. Je les accompagnais. Mais il y a deux ans, maman a voulu revenir. J'étais ravie.

Bettina la regarda avec mépris. De quoi se plaignait cette fille ? D'avoir fait le tour de la Terre à treize ans ?

— Je suis du genre bain-qui-s'étire-en-longueur, dit-elle. Et toi ?

— Le genre douche véloce, répondit Colombe. Vite expédiée, précisa-t-elle en remarquant l'expression de Bettina.

Douche véloce. Impressionnant. Bettina se garda de montrer son soulagement. Colombe lui avait répondu ça exprès, elle en était sûre. Mauvaise pioche. Bettina avait horreur qu'on essaie d'être gentil avec elle. Elle trouvait ça louche ou, pire, d'une impardonnable niaiserie.

— Et cette histoire de fantôme ? demanda soudain Colombe.

— Rien de grave. C'est Enid.

— Enid ? C'est quoi un Enid ?

— Un truc qui porte des barrettes Sweet Mimi et qui cause beaucoup. Ma petite sœur en l'occurrence.

— Oh, pardon.

— C'est rien. Tout le monde ne peut pas avoir un prénom comme le tien.

Bettina conserva un air parfaitement sérieux. Colombe lui jeta un regard incertain. Elles revinrent à la chambre d'amis. Colombe ouvrit sa valise et commença à ranger ses habits. Bettina réprima un hoquet en n'y apercevant que des affaires blanches et/ou bleu marine, pliées, rangées, roulées, alignées.

— Tu as peur des fantômes ? reprit Bettina.

— Non. Mais ça laisse la place à l'imagination, n'est-ce pas ?

Bettina la contempla un court moment, bouche bée. Cette fille sortait des phrases proprement hurluberlues.

— Enid aime bien inventer.

— Elle avait pourtant l'air convaincu. Et d'avoir vraiment la frousse.

— Elle se raconte des histoires... Dis donc, tu fais du combien ? s'exclama Bettina en voyant Colombe sortir de sa valise une chose en coton (blanc et bleu bien sûr).

Colombe devint très rouge.

— 90 B, répondit-elle. Je sais, j'ai trop de poitrine pour mon âge.

Bettina garda le silence. Elle n'allait certainement pas dire à Colombe que non, elle n'était pas trop grosse, sa poitrine. Ni qu'elle lui allait plutôt bien, même ! Qu'elle-même avait souvent rêvé de faire du… Ah non, elle ne dirait pas ça. Elle répondit simplement :

— Si ça ne te gêne pas pour lire.

Colombe sourit. Bettina demeura impassible. Colombe plia deux autres soutiens-gorge.

— Tu crois qu'Enid a inventé son fantôme ?

Elle m'enquiquine avec cette histoire. Elle est en train de me faire la conversation.

— Enid raconte aussi qu'il y a des bonshommes qui vivent sous les bruyères et les champignons.

— Moi aussi quand j'avais son âge, je…

— Je te laisse. Je t'ai montré tout ce qui peut t'être utile. J'ai des trucs à faire.

Ne surtout pas lui montrer qu'on pouvait la trouver intéressante.

— D'accord, dit Colombe. À tout à l'heure.

En redescendant, Bettina songea qu'en plus d'un super-sourire et d'une super-poitrine, cette sainte-nitouche avait les yeux d'un bleu marine ravissant.

*
* *

La douceur et la placidité de leur invitée fit, aux cinq sœurs, l'effet d'un gaz calmant.

À Charlie elle rappelait le cache-théière en tricot de tante Lucrèce; à Enid, les livres de petite fille de sa mère, rouge et doré, dans la caisse du grenier; à Bettina elle évoquait leur vieux Trivial Pursuit sans fromages. Si on lui posait n'importe quelle question, par exemple en combien de temps une scolopendre parcourt la circonférence d'un tronc de takamaka, Colombe répondrait, c'était certain: «Neuf secondes un quart par temps de pluie, cinq secondes et demie par temps sec.» Pour Geneviève, elle était ce col Claudine en dentelle qui dormait plié dans l'armoire du premier. À Hortense, Colombe n'évoquait rien de spécial, sinon que, grâce à elle, son cahier bien-aimé avait été arraché aux griffes de Bettina, et pour ça elle lui offrait à jamais sa sympathie.

Pour Basile, qui leur rendit visite ce même jour, elle était simplement une jolie fille de plus dans le bastion féminin de la Vill'Hervé.

C'était dimanche et il était 17 heures quand il débarqua; et comme toujours, lorsque sa visite tombait un dimanche à 17 heures, Basile apportait des gâteaux.

– De l'Ange Heurtebise, précisa-t-il.

Le fameux salon de thé en ville. Enid glissa un regard par en dessous – *hé hé hé* – à Bettina qui fit semblant de rien.

– J'ai aperçu ce pauvre sycomore, dit Basile en déroulant son mètre cinquante d'écharpe. Il se prend de passion pour la spéléo?

— Le ciel lui est tombé sur la tête.

— Encore heureux qu'il ne soit pas tombé sur la maison.

— Le ciel ou le sycomore ?

— Il aurait pu assommer Enid. Elle traînait dehors en pleine nuit, cette débile.

— Qu'est-ce que tu fabriquais dehors la nuit, Enid ?

— Elle cherchait sa chauve-souris. Elle la cherche encore, d'ailleurs.

— C'est peut-être elle que tu as entendue chanter tout à l'heure dans le parc ?

Enid ne répondit rien à personne. Elle n'avait pas rêvé, elle le savait. Elle avait entendu un fantôme. Mais convaincre les grands c'était comme vouloir qu'un chewing-gum mâchouillé une heure conserve son goût du début. Elle avait vaguement espéré que Basile la prendrait au sérieux. Mais elle le vit bientôt se détourner pour s'intéresser à la manière qu'avait Charlie, dans le canapé, de croiser distraitement ses doigts de pied. Le spectacle paraissait le fasciner.

— Très mmmmmh, ta marquise ! le complimenta Hortense en lui offrant une mini-miette de la marquise en question. Bien meilleure qu'une certaine confiture de châtaignes !

— Merci ! dit Charlie.

— Merci, dit Basile qui ignorait tout de la tentative culinaire de sa dulcinée. Est-ce que tu as jeté un œil à mon livre ? ajouta-t-il à l'intention de ladite dulcinée.

– Ton livre? (Charlie se souvint.) Celui que tu as confié à Enid? Oui, oui. Mais vraiment un œil, tu sais.

– Veux-tu goûter à la confiture de châtaignes de Charlie, Basile? susurra Hortense pour enfoncer le clou.

– Refuse, conseilla Bettina. Ou tes rêves sur Charlie vont s'évanouir.

– Mes rêves, soupira Basile, Charlie sait bien qu'elle les peuple depuis toujours.

Bettina gloussa un *woufff!* sémillant. Geneviève mordillait son pouce. Colombe leva le nez de sa tasse et observa ce qu'elle pouvait observer de Basile là où elle se trouvait: un trois quarts profil gauche et un revers d'oreille.

– Simple formule, dit Charlie d'un ton qui prouvait qu'elle était touchée. Mais jolie.

Colombe la vit se pencher vers le trois quarts profil pour y déposer un bisou souriant.

– Merci, chuchota Charlie au revers d'oreille qui devint rose vif.

Enid se demandait à quel moment ces grandes asperges (apparemment sourdes!) remarqueraient que le fantôme était en train de faire sa musique *en ce moment même et qu'elle était la seule à l'entendre!*

6

Un chocolat, un !
ou
La complainte du coupeur de bois

Charlie marchait en balançant son panier à bûches vide. Il faisait déjà nuit à seulement 17 heures 30, et plutôt frisquet. Le vent avait repris des forces et elle ne regrettait pas d'avoir enfilé ce cher plus-vieux-plus-gros-pull. Évidemment, elle songea bien (ce fut bref) que ce n'était pas avec ce machin sur le dos qu'elle atteignait des pics de splendeur... Mais bon. Il n'y avait que ce cher vieux Basile.

Sans remarquer qu'elle usait des mêmes épithètes pour son amoureux présumé et pour la guenille qu'elle portait, Charlie cheminait, donc, direction l'abri-bûches à l'ouest du parc.

Le son d'un pas familier la fit ralentir, deux bras prirent sa taille. Sans se retourner elle avait reconnu Basile, comme elle reconnut son baiser quand il l'enlaça. C'était un baiser paisible, familier, bienveillant. Quand ce fut fini, elle garda les yeux fermés.

— C'est qui ? interrogea-t-elle.

Elle s'esclaffa. Basile prit le temps de fermer le bouton-pression de son col de blouson, puis il délesta Charlie du panier. Elle s'était remise à marcher.

— Est-ce que ce n'est pas trop lourd ? dit-il.

— Tu plaisantes, ce panier est vide.

— Je parle de cette grande baraque, des charges, de tes sœurs...

Charlie s'arrêta.

— C'est quoi ces détours ? Tu veux m'épouser et devenir chef de famille ?

— Pourquoi pas ?

Après un silence :

— Ça va faire plus d'un an et demi que vous êtes seules, n'est-ce pas ?

— Tu veux dire depuis la mort de maman et de papa ?

— Oui.

— Dix-neuf mois, et vingt-deux jours.

Elle récupéra le panier qu'elle fit tournoyer.

— On va le couper, ce bois ?

— Pourquoi pas ? répéta Basile en la rattrapant. La vie serait tellement plus simple pour toi.

— Si c'est là ton seul motif, c'est non docteur.

Il la reprit dans ses bras. Dans la nuit du parc, il n'apercevait d'elle que la petite lune brillante de son sourire, rien d'autre.

— Idiote, chuchota-t-il. Tu sais bien que...

— Que... ?

Il inclina la tête afin de viser le sourire. Ils avaient la même taille depuis leur adolescence. Il avait longtemps eu l'espoir de la dépasser de trois ou quatre centimètres. Maintenant il était trop tard. Il l'embrassa. La petite lune continua de briller.

— Tu sais bien, reprit-il, que j'ai toujours…

— Chut. Écoute.

Quelqu'un s'était mis à pleurer tout là-bas, de l'autre côté des arbres… Des plaintes déchirantes qui arrivaient par vagues, avec les rafales de vent.

— C'est le fantôme, le copain d'Enid, dit Basile.

Il rit nerveusement et serra Charlie un peu plus.

— On dirait qu'ils sont plusieurs. Une armada d'ectoplasmes.

Elle le repoussa d'un geste léger, le nez dressé.

— Tais-toi donc. Écoute.

— Je ne fais que ça, baby. Outre t'embrasser bien entendu.

— Tu n'entends pas autre chose ?

Un craquement de bois sec et de feuilles mortes… Charlie écarta tout à fait Basile. Quelqu'un marchait derrière eux, dans les broussailles. Une ombre courte se profila.

— Enid ! C'est toi qui pleures comme ça ?

L'ombre d'Enid secoua la tête.

— Non c'est pas moi, dit-elle. C'est le fantôme. C'est lui qui pleure, on dirait comme une chanson.

Les sanglots lointains se déchaînèrent par bouffées, comme un ressac dans la nuit froide. Après un temps Enid interrogea d'une petite voix :

— Vous me croyez maintenant ?

Charlie lui entoura les épaules en silence. Après tout, elle-même bavardait régulièrement avec les fantômes de papa-maman... Elle se demanda si la petite les avait vus s'embrasser, Basile et elle.

*
* *

— Moi je dis : ça a un rapport avec Swift. Sa disparition.

On était le lendemain. Autour de Gulliver et d'Enid, la nuit d'automne tombait avec les feuilles mortes, les élèves du groupe scolaire se pressaient vers les cars.

— Swift, c'est l'écureuil ? finit par demander Gulliver.

— La chauve-souris. Je te l'ai répété cent fois. L'écureuil, c'est Blitz et il a seulement déménagé d'arbre. Mais elle, je ne l'ai pas revue depuis la tempête.

Gulliver gratta affectueusement la croûte brunâtre qui décorait son coude. Il s'était brûlé la semaine précédente en fabriquant des torches égyptiennes de son invention. Il suggéra :

— Est-ce que ce ne serait pas le fantôme de ta chauve-souris qui revient ?

L'œil d'Enid le gela sur place.

— Swift n'est pas morte ! dit-elle avec force. Elle a des ailes. Quand le sycomore est tombé elle s'est envolée. Certain.

Elle reçut une tape sur l'épaule. Elle se retourna. Elle reconnut la DBB La Division Bête et Bouchée. C'est-à-dire Denise, Béhotéguy, et Bettina. Bettina qui lui expliqua d'un trait qu'elle ne prendrait pas le car puisqu'elle allait chercher Charlie au labo à 18 heures, que, donc, elles rentreraient ensemble en voiture.

— Tu viens avec nous ? acheva-t-elle.

Enid savait parfaitement que Bettina n'avait pas du tout envie d'être flanquée d'une petite sœur. Mais comme Charlie interdisait à Bettina de rater exprès le car pour traîner en ville avec ses copines, la présence d'Enid cautionnait ses escapades.

— Geneviève sort dans un quart d'heure, grogna Enid. Demande-lui de vous accompagner.

— C'est son jour de baby-sitting, on t'offre un chocolat.

Enid rechignait par principe, en fait. Car même sans la promesse du chocolat et en dépit de Béhotéguy et de Denise qui ricanaient trop fort et trop souvent, elle adorait accompagner Bettina dans ses équipées d'après collège.

— Je sais où vous allez, dit Gulliver en décollant triomphalement la croûte de son coude.

Ses torches égyptiennes ressemblaient à celles des explorateurs dans les films, quand ils sont poursuivis par la momie vengeresse. Il les avait fabriquées de ses mains : la preuve. Il était très fier.

— Ah oui ? Et où ? lui lança Béhotéguy avec une grimace.

— À l'Ange Heurtebise... et je sais pourquoi !

— Oh ça va, mouflet !

— À cause du serveur ! cria Gulliver en s'esquivant rapido à l'intérieur du car.

Il colla sa bouche sur la vitre entrebâillée :

– Pour voir Juan ! hurla-t-il. Les DBB sont folles amoureuses de lui !

Il vit Enid éclater de rire derrière Bettina.

Denise, Béhotéguy et Bettina poussèrent la porte de l'Ange Heurtebise.

– Il est là ? grommela Bettina dans sa barbe. Regarde, Enid, s'il te plaît.

– De qui tu parles ? fit innocemment Enid.

– S'il te plaît. Ne fais pas l'idiote.

– Oui, Juan est là.

– S'il te plaît. Moins fort.

– Il nous voit ?

– Non, dit Enid. Comme d'habitude.

– Garce.

– Ben c'est vrai, il ne vous regarde jamais.

– Oh, faites-la taire !

À une table, dans un angle, un garçon leur fit signe. Clovis Boulesteix, du collège. Bettina marqua une hésitation.

– On s'assoit avec lui ? souffla-t-elle.

– Pourquoi pas ? fit Béhotéguy. Ça rendra peut-être Juan jaloux.

Elles s'installèrent près de Clovis.

– Alors, dit-il, cette soirée sangoulinante, vous la faites quand finalement ?

– Le soir de Halloween.

– Pour Halloween il y a déjà une super-fête en ville. Pourquoi pas avant ? Vendredi par exemple ?

Il commanda un far aux pruneaux, les filles un chocolat.

– Et aussi de la tarte, réclama Enid.

– Te gêne surtout pas ! marmonna Bettina. Une tarte à n'importe quoi, s'il vous plaît madame Heurtebise !

Le regard de Juan croisa celui de Bettina sans qu'elle y lise la moindre lueur d'intérêt. Enid, petite saleté, avait raison. Il se fichait complètement d'elles. Donc d'elle. Elle espérait qu'il apporterait la tarte commandée, mais c'est Mme Heurtebise qui les servit.

Bettina soupira et se tourna vers Clovis :

– Tu as raison. Ça ferait deux occasions de s'amuser. Mais...

Clovis attaqua son far.

– Mais, dit Bettina, on a prévu que ce serait une soirée entre filles.

Il engloutit sa bouchée et répondit, placide :

– Vous changerez d'avis quand...

Il se tut. Il était tombé sur un pruneau. Dégustation de plusieurs secondes.

– Quand vous saurez que... continua-t-il.

Il lécha sa cuillère.

– Accouche.

Il s'essuya les mains :

– J'ai une vidéo hyper-sangoulinante. Mon oncle Pietro me l'a envoyée de Newark.

– Tu as un oncle Pierrot à New York, toi ?

– Pietro à Newark.

– Qu'est-ce que c'est ?

– Une ville dans le New Jersey.

– Le film, idiot. C'est quoi ?

69

— *Charpie, le retour.*

Elles s'exclamèrent. Quoi ! *Charpie la poupée qui tue, le retour* !!! S'extasiant, Bettina pencha discrètement la tête en direction de Juan. Il nettoyait le filtre du percolateur. Sans savoir combien il était mignon avec le reflet de l'inox sur sa narine droite.

— Problème : il n'y a pas de sous-titres français, précisa Clovis.

— Bah, dit Béhotéguy, dans les films d'horreur les dialogues sont tous les mêmes, «*Oh my God !*» ça veut dire : «*Au secours, le tueur est enfermé dans la même pièce que moi !*»

— Et «*Fuck him !*» ça veut dire : «*Je lui tire dessus au Magnum 357 depuis une plombe, pourquoi est-il toujours vivant ?!*»

— Moi, j'ai emprunté *Rappelle-toi dans le grenier cet hiver n° 2* et *Hurlements psychotiques III*. Et toi, Bého, tu amènes quoi ?

— Des manchons de poulet mexicaine.

— Tuméfiant, dit Clovis.

— Superblime, dit Denise.

— Merde, grommela Bettina en se figeant sur sa chaise.

On suivit son regard, Enid reconnut Colombe. La tresse toujours sagement arrondie sur l'épaulette de son manteau marine. Elle ne les voyait pas, elle leur tournait le dos, Juan était en train de lui servir des tuiles aux amandes au comptoir.

— Tu la connais ? fit Béhotéguy.

— Mignonne, nota Clovis.

— Si on aime le genre volatile obsolète.

— C'est quoi obsolète ? dit Enid.

— Préhistorique. Hors service.

— Ç'a son charme, assura Clovis. C'est qui cette fille ?

— Un drame de la zone C.

— ...

— La fille d'une collègue de Charlie. Elle s'appelle, tenez-vous bien, Pigeon.

— Colombe, corrigea loyalement Enid. Elle est à la maison pour huit jours.

Colombe se retourna en entendant son nom. Elle s'éclaira en reconnaissant Enid et Bettina. Bettina se renfrogna. Colombe hésita, puis elle s'avança.

— Je passais en ville prendre le courrier de mes parents, expliqua-t-elle. J'en profite pour acheter des tuiles aux amandes.

Silence froid. Enid se demanda ce qu'elle pouvait bien dire pour être gentille. Colombe secoua gaiement le paquet qu'elle tenait :

— On aime les tuiles à la Vill'Hervé ?

— Sans pigeon dessus ! souffla Bettina à Béhotéguy et Denise qui pouffèrent.

Colombe eut un sourire d'incertitude.

— Assieds-toi, l'invita Clovis très gentleman.

Bettina lui écrasa illico une basket et les orteils qui se trouvaient dedans. Clovis encaissa héroïquement. Il s'écarta pour ménager une place à Colombe.

— Non, merci, dit-elle. Le bus de Collinière va arriver. C'est bien ce bus-là pour la Vill'Hervé ?

– Bettina et Enid rentrent en voiture tout à l'heure avec Charlie, lui apprit Clovis avec une candeur perfide. Laisse le bus et repartez toutes ensemble.

Il résista stoïquement au massacre de ses orteils par une Bettina très remontée. D'accord, Colombe était un prénom incurable mais elle avait de jolis yeux en biais, ça méritait un petit écrabouillis de pieds.

Colombe finit par s'asseoir, un peu raide.

– Tu prends quoi ? demanda Clovis.

– La même chose que toi.

*
* *

Geneviève achevait sa séance d'étirement lorsque M. Qol Moi lui apporta de nouveaux gants de muay thaï.

– Aujourd'hui on aborde l'endurance, dit-il de sa voix chantante et douce.

– Au sac ?

– Au sac. Tu vas lui livrer un vrai combat. Pendant, mettons, sept minutes.

Geneviève jeta un long regard aux autres combattants qui s'entraînaient dans la salle, puis à son propre reflet renvoyé en série par de hauts miroirs.

– Prête ?

– Prête.

Elle marcha vers le long boudin de cuir noir. M. Qol Moi sourit. C'était un homme fin, dont le geste élégant et la nonchalance ne laissaient pas présager sa foudroyante force de frappe au combat.

— Pas ce sac, dit-il. L'autre est moins dur, tu te feras moins mal.

Geneviève prit sa garde, coudes écartés, poings à hauteur des yeux.

— Travaille les poings et les coudes pendant deux reprises, ensuite les pieds et les genoux.

Geneviève eut un sourire intérieur. Si ses sœurs savaient qu'en fait de baby-sitting, elle faisait de la boxe thaï... Son bras se détendit en un direct fulgurant. Elle adorait ça.

*
* *

Juan apporta le chocolat de Colombe, le plateau en équilibre sur son bras fléchi, comme s'il enlaçait une danseuse. Ses yeux et ses cheveux étaient d'un roux extraordinairement doux.

Après enquête, les filles avaient fini par savoir que le beau Juan, quinze ans, vivait chez son père à Paris (zone C), qu'il passait ses vacances chez sa mère à qui il donnait un coup de main.

Il contourna la table pour poser la tasse devant Colombe. Enid intercepta le drôle de regard qu'il jeta à Bettina. Mais Bettina était trop furieuse de la présence de Colombe pour remarquer quoi que ce soit. Enid fut surprise mais incapable de déchiffrer le sens du regard de Juan sur sa sœur.

Il se passa alors un événement bref, violent et sonore. La tasse de Colombe sauta hors de la table, plana sous les trous de nez d'Enid avant d'aller se fracasser par terre. Tous les clients se retournèrent. Colombe fixa avec stupeur la tache de chocolat qui s'élargissait sur le devant de son manteau.

Enid mit cinq secondes pour comprendre que c'était le bras de Bettina (vif! brusque!) qui avait percuté la tasse de Colombe. Une seule pour deviner que c'était exprès.

— Va vite te nettoyer! s'exclama Béhotéguy.

— Désolée, navrée! répétait Bettina avec un sourire invisible qu'Enid fut la seule à sentir.

Colombe se précipita aux toilettes. Enid fixa sa sœur. Bettina effaçait tranquillement les traces de chocolat sur la table avec un coin de serviette en papier.

Au lavabo, Colombe frotta son manteau avec un Kleenex. Mais cela fit un tas de miettes blanches, pas terribles sur du bleu marine.

La porte s'ouvrit derrière. Par le miroir elle aperçut le serveur roux qui lui avait servi les tuiles aux amandes et le chocolat. Ses beaux yeux avaient une expression navrée mais elle eut droit à son sourire, un beau sourire qui la toucha.

Il lui tendit un torchon propre :

— Ce sera plus pratique avec ça.

Il l'aida à rincer, puis il lui retira son manteau et appuya sur le bouton du sèche-mains. Le manteau renvoya le souffle chaud de l'appareil vers leurs visages penchés. La tresse de Colombe roula sur le tablier de Juan. Il sourit.

Quand le tissu fut presque sec et la tache quasi disparue, il regagna la porte à reculons tandis qu'elle remettait son manteau.

– Ça ira ?

– C'est parfait.

Elle se demanda si elle rougissait mais n'osa pas vérifier dans la glace. Elle boutonna son manteau.

– Merci, dit-elle encore.

Quand elle retrouva les autres, Colombe voulut regarder Bettina, mais ses yeux l'évitèrent.

– Je vais prendre le bus finalement, dit Colombe.

Elle s'éloigna. Bettina posa enfin les yeux sur elle, sur son dos, et la détesta plus que jamais. Elle la détesta de faire semblant d'ignorer qu'elle avait renversé la tasse exprès.

– Hé ! lui cria Enid. Rentre avec nous en voiture !

– Oui, ne sois pas ridicule ! s'exclama Bettina avec mépris. Charlie va croire que tu nous snobes !

Colombe hésita, et revint. Son expression était calme même s'il y avait deux plaques rose vif sur ses joues.

– Je ne suis pas snob, dit-elle. D'accord, je rentre avec vous.

7

Baldaquin, Harpe et Panna cotta
ou
Une nuit chez les fantômes

Elle se réveilla cette nuit-là le cœur battant. Ce n'était pas la tempête. Il ne pleuvait pas… mais le vent soufflait assez fort pour agiter le loquet du volet. Était-ce ce qui l'avait réveillée ? Non… Il y avait un bruit… Un son qu'elle connaissait bien maintenant.

OOOOooooooohhhhhooooooOOOO…

Le fantôme.

Sa plainte déchirante couvrait celle du vent, en ondes tremblées *depuis l'intérieur* des murs, le ventre de la maison. C'était horrible à entendre.

Enid partit tambouriner chez Geneviève. Geneviève était déjà debout. Malgré le lit clos, impossible d'échapper aux affreuses plaintes qui *sortaient des murs*. Elle courut allumer toutes les lumières du palier, une Enid terrifiée pendue à son bras.

Charlie, Bettina et Hortense sortirent bientôt… Tout emmitouflées, car le vent s'infiltrait par chaque fissure de la vieille maison.

— Vous entendez ?

— C'est le fantôme.

— Arrête avec ça, Enid ! Ça n'existe pas.

— Ne crie pas. Elle n'y est pour rien, pauvre chaton.

— Mais ce boucan existe bien, lui !

— On dirait des enfants qui chantent... ou qui pleurent. Ou qui pleurent en chantant. Peut-être emmurés depuis des siècles...

— Tais-toi, Hortense. Tu me donnes des frissons.

Bettina émit une sorte de couinement. Effarée, elle pointait le doigt.

Dans un angle mal éclairé du long couloir, une ombre pâle marchait... Enid se cacha les yeux dans la chemise de Geneviève. La voix nerveuse d'Hortense éclata :

— Qu'est-ce que c'est, ce bazar ?

Celle de Charlie, plus forte, agacée :

— Colombe ! Cesse de jouer à l'ectoplasme s'il te plaît !

Enid dégagea un œil. La silhouette pâle était bien celle de Colombe. Une Colombe bizarre, qui marchait en oscillant, les poings crispés, paupières fermées. C'était terrifiant à voir, surtout avec ces pleurs dans les murs...

— Elle est somnambule, dit Geneviève. Il ne faut pas la réveiller, je vais la reconduire dans son lit.

Elle alla doucement prendre Colombe par la main, avec un signe aux autres pour qu'elles se taisent, conseil qu'elles n'avaient aucun mal à suivre car elles étaient pétrifiées de peur et de froid.

— Allez, au lit ! dit Geneviève quand elle revint quelques minutes plus tard. On a école demain matin.

Évidemment personne ne put dormir. Après avoir tourné et tourné une bonne demi-heure dans son lit, Enid finit par descendre à la cuisine pour y boire un verre de lait chaud.

Elle y trouva le lait et les verres sur la table, avec, autour, quatre sœurs et deux chats qui avaient eu la même idée qu'elle.

— Tu ne dors pas non plus ? Tiens, mange.

Hortense lui tendit une tuile aux amandes.

— Colombe dort ?

— Comme un bébé. On se demande comment avec ce vacarme.

Charlie lécha le glaçage de sa tuile.

— Demain, dit-elle, je supplie Basile de dormir ici.

On gloussa. Elle resta impassible.

— Peut-être, continua-t-elle posément, que la présence d'un garçon éloignera les esprits.

Autres rires. Charlie darda un œil soupçonneux sur les visages autour de la table. Tout le monde était plongé dans son verre de lait. Y compris les chats.

— J'ai perdu une bague, leur annonça Colombe au petit déjeuner. Si vous la trouvez, ou si quelqu'un la rapporte, vous saurez que c'est la mienne.

Après cette nuit éprouvante, elles somnolaient plus ou moins sur leurs tartines. Une bonne nouvelle avait cependant adouci ce début de journée :

Madame Chaudière s'était allumée sans chipoter. Il faisait bon.

— Une bague ? répéta Charlie aussi hébétée que si on lui demandait de déplacer les statues de l'île de Pâques avec un doigt.

— Une bague comment ? interrogea Enid.

— Avec des losanges en pâte de verre, de toutes les couleurs. Comme l'habit d'Arlequin.

Bettina leva mentalement les yeux au ciel. L'habit d'Arlequin. Phrase typique à la Colombe.

— Vous avez vu quelque chose ? interrogea Hortense.

Personne n'avait rien vu. Colombe eut un soupir fataliste.

— Ça devait arriver. J'ai tellement peur de l'abîmer que je l'enlève trop souvent. Et voilà.

— Si elle est dans la maison, tu la retrouveras, assura Geneviève.

— À moins que le fantôme… commença Bettina qui se tut dès qu'elle vit l'expression de ses sœurs.

La voiture de Basile freina à cet instant sous le double porche. Charlie lui avait téléphoné dès le réveil, il avait promis de passer avant sa première consultation.

Il entra dans la grande cuisine avec, aux lèvres, une réplique allègre au sujet du fantôme. Il la ravala illico : les filles avaient l'air sinistre.

— Coucou ! dit-il en laissant choir son gros sac de voyage sur le carrelage. Me voilà à la rescousse.

Bettina désigna du menton le gros sac :

— Tu comptes rester chez nous dix ans ?

Il rougit.

— Non, se défendit-il. Mais Charlie n'a pas précisé combien de temps...

— L'unité de temps d'un fantôme est l'éternité, énonça Hortense, lugubre. Es-tu là pour toujours ?

— Quelques jours seulement, dit Charlie en faisant les gros yeux à ses sœurs. Si ça ne te dérange pas, Basile.

— Bien sûr que non.

Oh non non non ! pensèrent en chœur, et avec un sourire intérieur, Enid, Bettina, Geneviève et Hortense. Par amour, Basile combattrait tous les esprits et tous les au-delà, et demeurerait à la Vill'Hervé aussi longtemps que le souhaiterait Charlie. Pour lui, ce serait toujours trop court de toute façon.

Mais elles gardèrent cela pour elles. Elles aimaient bien Basile.

*
* *

Le mercredi, Gulliver accompagna Enid à la ferme Pailleminot, à deux kilomètres, pour acheter du lait et des œufs. Ils tractaient le caddie écossais.

— Il est revenu, votre fantôme ? s'enquit Gulliver.

— Cette nuit il a dormi. Nous aussi.

— J'aimerais rester, une fois, pour voir.

— La maison commence à être pleine.

— Est-ce que tu as retrouvé (Gulliver chercha le nom, ne trouva pas)... ta chauve-souris ?

— Non.

Il n'insista pas.

Sidonie Pailleminot, prévenue par Charlie, avait préparé bouteilles de lait, crème et boîtes d'œufs. Sidonie avait fréquenté les mêmes classes que Charlie, puis une école de commerce à Paris. C'était une grande jolie femme qui arborait un rouge flamboyant sur les lèvres et sur les ongles.

— Ça roule à la Vill'Hervé ? demanda-t-elle tandis qu'Enid comptait sa monnaie.

— Ouais... Ce serait mieux sans fantôme.

— Fantôme ? répéta Sidonie.

— Celui qui pleure chaque nuit, expliqua Gulliver.

— Pas chaque nuit, corrigea Enid. Des fois. Avec la tempête.

Sidonie s'esclaffa :

— Serait-ce le fantôme de Guillemette Auberjonois ?

— Guillemette Auberge... quoi ?

Le nom sonnait vaguement familier à Enid. Elle délaissa un instant sa monnaie pour dévisager Sidonie qui souriait.

— C'est qui ?

— La propriétaire de la Vill'Hervé, longtemps avant ton arrière-grand-père. Vous ne connaissez pas l'histoire ?

Enid avait entendu ses parents en parler, mais c'était trop loin...

— Tu nous la racontes ?

— D'abord, j'ai fait de la panna cotta. Qui en veut ? Son goût va extraordinairement bien avec les histoires.

Sidonie coupa deux grosses tranches de panna cotta dans une terrine.

— Alors, comme ça, on ne connaît pas la chagrinante et très horrifiante histoire de Guillemette Auberjonois ? Oyez, mes agneaux, oyez...

Elle passa son index sur le bord de la terrine, lécha sa récolte.

— Il était une fois... Gildaz et Guillemette Auberjonois, seigneurs d'Esquille, qui s'aiment d'amour fou. Ils sont mariés et vivent dans une belle maison appelée La Falaise. Gildaz ne vit que pour sa Guillemette, et Guillemette pour son Gildaz. La belle aime aussi la harpe. Gildaz lui en offre une, en bois de Hongrie, les cordes sont de Venise. Guillemette en joue comme un ange, on vient de loin pour l'écouter. Par une nuit de tempête en octobre... tragédie. Alors que son époux est en voyage, le voile du baldaquin de Guillemette prend feu. La chambre est bientôt en flammes. La harpe flambe. Guillemette veut la sauver, elle la traîne. L'objet est lourd. Guillemette s'épuise. Le vent attise le brasier. Cernée par le feu, elle meurt brûlée vive.

— C'est terrible ! murmura Enid avec un frisson.

— Moins que cette panna cotta qui est terrible... ment délicieuse. Bon, je continue ? À son retour, l'époux éperdu de douleur se plonge un poignard dans le cœur. Et La Falaise devient une maison maudite. Vide. Hantée. Personne n'ose y habiter. Cinquante ans plus tard, c'est une ruine. On est en 1918. L'année où ton arrière-grand-père, Hervé Verdelaine, pêcheur de son état, revient de guerre.

Et qu'est-ce qu'une maison hantée après une foutue guerre, hein ? Hervé n'a pas peur. Il la rachète six sous à la municipalité et, avec ses frères et sœurs, il décide de la remettre debout.

Enid connaissait cette partie de l'histoire. Hervé et sa famille qui avaient taillé le granit bloc par bloc, scié le bois de la charpente, découpé l'ardoise, reboisé le parc... Douze années de labeur pour que La Falaise devienne la Vill'Hervé.

— Octobre, continua Sidonie. Guillemette pourrait bien avoir envie de se rappeler à notre bon souvenir !

Elle piocha des miettes qu'elle était seule à voir au fond de la terrine.

— Je ne devrais pas, dit-elle. Ma ligne. Mais elle est trop top, ma panna cotta, hein ?

— Trop ! opina Gulliver. Tu penses vraiment que ça pourrait être Guillemette ?

Sidonie éclata de rire.

— N'allez pas croire ces sottises ! C'est une histoire comme il s'en raconte un tas à propos de toutes les maisons par ici. Ne vous prenez pas la tête !

Elle montra la terrine :

— Une dernière lichette ?

Enid et Gulliver firent non. Sidonie leur découpa une grosse part à chacun, qu'elle enveloppa dans du papier alu, et rangea le reste au frais.

— Comment il s'appelle, déjà, cet instrument ? reprit Enid.

— Quel instrument ?

— À Guillemette.

— Une harpe. Mais tout ça n'est qu'une légende.

Sidonie les embrassa et ils repartirent, tirant leur caddie rempli. Enid attendit d'avoir parcouru une centaine de mètres pour dire :

— C'est peut-être elle, le fantôme... Guillemette Auberbidule.

— Moi, je sais même pas quel son ça fait, une harpe.

— Tu vois Harpo ? Le muet de Marx Brothers ? C'est de ça qu'il joue.

— Oh.

Ce soir-là, Enid attendit, allongée dans son lit, les yeux fixés au plafond de la nuit. Mais il n'y eut que le silence. Le vent était absent. Et le fantôme resta muet.

8

Baby-sitting et Shadow boxing
ou
Massacre pour une baguette de pain

Geneviève revint fort tard, hors d'haleine et en sueur de son « baby-sitting » du vendredi.

— Ce sont les petites Deshoulières que tu gardes ? Ou un rassemblement de pitbulls ? observa Charlie.

— À cause du bus ! haleta Geneviève qui aurait rougi si elle n'avait déjà été cramoisie. J'ai couru.

Elle monta pour échapper aux interrogations, et se doucher. Sur la dernière marche du Macaroni, Hortense attendait, serviette à l'épaule, savon à la main, *Supersheila* sur les genoux.

— Tu crois pouvoir utiliser la salle de bains ? l'arrêta-t-elle. Nenni. La Division Bête et Bouchée a débarqué !

Zut ! La soirée sangoulinante de Bettina et ses copines... Totalement oubliée ! Restait la salle de bains de la chambre d'amis.

— Erreur ! dit Hortense, lisant les pensées de sa

sœur. Dans celle-ci, il y a Colombe. Et désolée, mais Enid et moi, on est déjà sur liste d'attente.

Geneviève se réfugia dans sa chambre. Tant pis. Puisqu'elle portait encore, sous ses vêtements, sa tenue de «baby-sitting» (autrement dit de boxe thaï), autant prolonger l'entraînement.

Elle s'enferma, retira jean et pull, se retrouva en short et brassière de combat. Elle serra son *mung kon* autour du front, toucha le *kuang rang* à son cou, enfila ses gants qu'elle gardait cachés dans son sac et, devant la glace de l'armoire, entama une séance de shadow boxing.

Son père apparut dans le miroir, l'épaule appuyée à la paroi du lit clos. Elle avait toujours aimé sa façon de se tenir, les mains dans les poches.

— Tu devrais peut-être leur avouer, non?

— Hello, Fred, dit-elle. Quoi de neuf?

— Dis-leur la vérité.

— Un de ces jours.

Elle baissa la tête pour esquiver un direct de son ombre.

— Cachottière, murmura Fred, amusé.

En se penchant pour expédier un swing, elle aperçut sa mère qui cherchait un livre sur l'étagère.

— Tu es là toi aussi? dit-elle.

— J'aimerais relire *L'Île d'Espérance*, dit sa mère. Je pensais que tu l'avais ici.

— Il est chez Charlie.

— Alors je le lui demanderai.

Geneviève cessa de boxer et pivota pour scruter son père et sa mère:

— Parce que vous lui rendez aussi visite, à Charlie ?

Son père sourit, un doigt sur les lèvres, le bras autour de sa femme, puis ils disparurent ensemble.

Geneviève détailla son ombre solitaire dans le miroir. Si ses sœurs avaient su qu'elle possédait deux secrets !

À l'autre bout du couloir, dans la salle de bains, dûment verrouillée elle aussi, Bettina, Denise et Béhotéguy faisaient des essais de maquillage horrifique en vue du prochain jeudi. Béhotéguy avait acheté des boucles d'oreilles tarentules, Denise des tatouages chauves-souris ; Bettina essayait des lentilles yeux-de-vipère.

— Faut cracher dessus pour que ça adhère à l'œil.

— Berk ! Tu es sûre ? Tu as lu la notice ?

— Non. Mais Eurydice Sachet en première D, elle crache sur ses lentilles de myope.

Bettina cracha donc. La lentille s'envola de l'index. Riant, s'exclamant, les filles cherchèrent à quatre pattes sur le carrelage.

— Je l'ai !

— Imbécile, c'est pas une lentille.

— C'est le faux ongle que tu avais perdu.

On frappa à la porte.

— Merci pour le pain, Bettina ! cria la voix de Charlie.

— Merde, le pain ! murmura Bettina en se donnant une tape sur le front. Complètement sorti de la tête... Hé, Charlie !

Mais Charlie s'était déjà éloignée, son pas décrut dans l'escalier.

– On dégage d'ici, conseilla Bettina quand la lentille fut enfin récupérée.

Elles s'admirèrent une dernière fois. Sur le palier, elles croisèrent Colombe qui libérait l'autre salle de bains.

– Magnifique ! s'exclama-t-elle, sincère. C'est pour la soirée sangoulinante ?

– Non. Juste des essais pour jeudi.

Jeudi était le soir d'Halloween et ce serait la fête en ville. Il y avait des affiches partout.

– Vous ferez votre petit effet, dit Colombe.

Elles la regardèrent descendre sans un mot. Bettina lui fit une grimace derrière le dos. Quand Colombe eut disparu, Denise percha sa voix :

– Vous ferez votre petit effet, aoh hui, vrêment !

Et toutes trois explosèrent d'un rire que Colombe, au rez-de-chaussée, entendit parfaitement.

Plus tard, leur maquillage fut accueilli par les exclamations joyeuses d'Enid et de Charlie. Colombe, à l'ordinateur, qui n'avait aucune raison de montrer davantage d'amabilité envers ces trois pestes, garda les yeux rivés à son écran.

Bettina remarqua soudain qu'Enid dégustait une tartine au chocolat.

– Il reste donc du pain. Bien la peine de me reprocher d'avoir oublié d'en acheter !

– Oublié ? s'étonna Charlie. Les baguettes dans la cuisine, ce n'est pas toi ?

— Pas du tout. Je pensais que ton merci tout à l'heure était ironique.

Il y eut un flottement.

— C'est toi Hortense ?

— Non.

— Geneviève ? Enid ?

— Non.

— Non.

— Le fantôme ?

— Ah ! La ferme, Enid !

— C'est moi, dit Colombe.

Elles se tournèrent.

— J'ai entendu ce matin Charlie qui disait à Bettina de penser au pain. Et euh… Voilà, c'est tout. Il y en a assez, j'espère ?

La moutarde picota les yeux de Bettina.

Colombe avait entendu Charlie ce matin lui demander de…

— Et si j'en avais acheté, dit-elle glaciale, tu en aurais fait quoi de tes baguettes ? Des armatures de Wonderbra 95 C ?

Elle eut le plaisir de voir Colombe pâlir.

— Je t'ai vue entrer avec tes amies au magasin de farces et attrapes, expliqua Colombe calmement. La boulangerie allait fermer. J'ai pensé que tu avais oublié.

Denise et Béhotéguy serrèrent chacune un bras de Bettina. Sans mesurer l'intensité dramatique de ce qui se déroulait, Charlie sourit à Colombe :

— Basile te sera reconnaissant. Lui qui mange du pain avec sa pizza !

Elle alla en cuisine, où Enid se préparait une nouvelle tartine. Colombe se retrouva seule face à ses trois ennemies.

— Bravo, sainte-nitouche ! persifla Bettina.

— Je ne voulais pas qu'elle sache que c'était moi, assura Colombe, mais...

Béhotéguy émit un son désobligeant avec sa bouche et conclut :

— Bouffonne.

Elles sortirent en se tenant le bras. Colombe leur tira la langue.

Enid revint avec sa tartine. Elle regarda Colombe, lui trouva l'air gentil et triste. Elle chercha à dire quelque chose de gentil et gai.

— Ton amoureux va arriver.

Un éclair traversa les yeux de Colombe.

— Mon amoureux ?

Enid fut surprise de voir qu'elle semblait effectivement attendre.

— Clovis Boulesteix. Il vient à la soirée sangoulinante.

Enid s'esclaffa. Colombe s'esclaffa aussi, comme si la réponse était désopilante. L'idée traversa Enid que Colombe était peut-être vraiment amoureuse de Clovis.

— Tu iras voir les films sangoulinants chez Bettina ?

— Je ne crois pas, répondit Colombe.

Elle fit rouler sa tresse de l'épaule droite à la gauche.

— Moi non plus, dit Enid. Je suis trop petite.

Red Goose, Connecticut. Par une nuit d'orage, la poupée Charpie est démolie dans une pulsion infanticide par sa propriétaire de cinq ans. Pour se venger, Charpie massacre à tour de bras, même quand elle n'en a plus (de bras).

Au bout de six orages et 41 minutes de film, les deux teenage vedettes font l'amour dans la salle de biologie déserte de la vénérable Red Goose High School. Pas si déserte... puisqu'ils ont enfermé avec eux l'abominable Charpie qui les épie depuis le placard aux éprouvettes.

Bettina murmura :

— Faut trouver un plan.

Sans perdre de vue les projets criminels de la hideuse Charpie, Denise souffla :

— À propos de quoi ?

— Charpie ? dit Clovis.

— Juan ? dit Béhotéguy.

— Tes notes déplorables en physique-chimie ?

Là-bas, Charpie fracasse les bocaux d'organes dans un bruit de tonnerre. « *Oh my God !* » glapit la teenage vedette, signifiant selon la règle que la tueuse se trouve dans la même pièce qu'elle.

— Pour ridiculiser sainte Nitouche, dit Bettina.

Red Goose, Connecticut. Ça décime grave. Charpie écharpe. À la brisure d'éprouvette, au tesson de bocal, avec les dents, etc.

— Tu veux te venger comme Charpie ?

– Juste lui donner une leçon.

– Qu'est-ce qu'elle t'a fait? dit Clovis. Elle a acheté le pain que tu étais censée prendre, bon et alors?

– Je hais son côté mère Teresa-des-Batignolles.

– Vrai! dit Béhotéguy. Son air je-suis-toute-de-bonté-mais-tu-ne-t'en-rends-pas-compte est horripilant.

Charpie se faufile à l'arrière d'une décapotable avec l'idée joviale de trucider d'autres teenagers qui se pelotent sur la banquette avant.

– Tu ne peux pas te venger de quelqu'un simplement à cause d'une *mère Teresa attitude*! s'écria Clovis entre les broiements d'os et les geysers d'hémoglobine à l'écran.

– C'est une excellente raison, au contraire.

– Quel genre de plan? demanda Béhotéguy.

Charpie massacre sévère. Le cric de la décapotable chignole à tout-va, méthode Black et Decker mâtinée de boucherie en période aphteuse.

– Un truc qui la massacre, dit Bettina. Moralement.

– Qui la laisse K-O, c'est ça?

– Super K-O

Red Goose, Connecticut. Charpie a enfin eu la peau du tueur de poupée tueuse. À l'écran, le beau Donny Jepp vit indubitablement sa dernière seconde de superstar du film. *The end*. À moins que... L'œil de verre de Charpie palpite. Option pour *Charpie 3... Le retour du retour*.

Béhotéguy, Bettina, Denise et Clovis avalèrent

ensuite, et sans respirer, les restes de pizza, *Rappelle-toi dans le grenier cet hiver n° 2*, le tiramisu de Geneviève, les manchons mexicaine, *Hurlements psychotiques III*… Et alors, tout le monde se réveilla d'un bond !

Un : parce que tout le monde s'était assoupi au cinquante-huitième hurlement psychotique.

Deux : parce qu'un cri, pas psychotique mais tout proche, venait de transpercer la nuit.

Les filles et Clovis demeurèrent immobiles, pétrifiés au fond du clic-clac.

— C'était quoi ? bredouilla Denise.

C'était Enid. Elle dormait, ou plutôt cauchemardait en boule sur le sol, cachée entre le mur et le clic-clac.

— La traître. Elle a regardé tous les films dans notre dos !

*
* *

Enid subtilisa le téléphone portable de Bettina et s'enferma dans les toilettes du premier pour appeler Gulliver. Est-ce qu'il pouvait venir maintenant ? Oui, maintenant. Gulliver protesta. Il avait volley, vu qu'on était samedi, et avant il amenait sa petite sœur Bilitis chez le kiné pour sa scoliose.

— Après alors. Mais pas trop tard.

— Pour quoi faire ?

— Amène un portable. Et tes torches égyptiennes.

— Pour quoi faire ? ? !

Elle raccrocha. Gulliver débarqua à vélo vers trois heures, Enid l'attendait à l'entrée de l'impasse. Il avait les torches et le portable.

— Celui de ma mère. C'est quoi le plan? dit-il en couchant son vélo dans la bruyère.

Elle l'attira sous les arbres du parc, et le conduisit au puits où le sycomore se momifiait en sa pose d'éternel plongeur. Elle saisit un rouleau de corde dissimulé sous un tas de feuilles.

Elle regarda autour, mit un doigt sur la bouche avant de chuchoter :

— Je vais descendre dans le puits.

— Avec la corde? Tu es folle! Tu es nulle en gym!

— Je ne suis pas nulle. M. Bertouchaud dit juste que je suis réfractaire. Ça veut dire nulle, « réfractaire »? Je me retiendrai aux branches du sycomore.

— Tu vas faire quoi dans ce trou?

— Chercher Swift.

— Je descends avec toi.

— Ah non.

— Pourquoi tu m'as fait venir alors?

— Pour donner l'alerte en cas d'accident. Un plongeur ne plonge jamais seul.

— Et j'alerte qui?

— Personne. Y a pas encore d'accident, que je sache. C'est quoi le numéro de ton portable?

— C'est pas le mien. C'est à ma mère.

Enid leva les yeux, *ffffff!*

— C'est quoi le numéro du portable-à-ta-mère?

Il le lui donna. Elle le composa sur le second appareil, qu'elle tira de sa poche. Le téléphone de Gulliver sonna. Elle lui dit de décrocher et de ne plus raccrocher surtout, ça servirait de talkie-walkie tout le temps où elle serait dans le puits, et maintenant, hop, fissa. Elle noua la corde au tronc du hêtre voisin. Gulliver jeta un coup d'œil par la margelle écroulée. L'arbre bouchait à peu près tout, à part quelques trous de ténèbres.

— Et (il hésita)... si tu retrouves ta chauve-souris et qu'elle est morte ?

Le petit front d'Enid se crispa :

— Je lui ferai une tombe. C'est prévu.

Et tandis qu'elle enfourchait la corde et tentait de s'immiscer entre les branches serrées du sycomore, Gulliver se souvint que les parents d'Enid n'avaient pas de tombe, leur voiture avait brûlé lors de l'accident ; ils avaient péri carbonisés. Sous la pierre qui portait leurs noms au cimetière, il n'y avait personne.

Il frissonna. Il coassa « Ça va ? » dans le portable. La voix d'Enid répondit « Ça va ! », lointaine, grésillante, déjà aquatique.

Au début, Enid n'eut presque pas à agripper la corde grâce aux branches qui l'encerclaient et la retenaient. Mais bientôt il y en eut moins, et tout s'assombrit. Un courant d'air remua ses cheveux et les pans de son chandail.

Elle atteignit ce qui devait être la cime du sycomore et commença à se retenir plus solidement à la corde. Elle attendit d'être plus bas pour allumer la première torche.

Ces torches avaient le mérite d'être légères et jetables. Gulliver les avait brillamment fabriquées : des crayons en fait, coiffés de bandelettes imprégnées de bougie et d'une mixture verdâtre.

La flamme était claire et dansante. Enid constata qu'il ne restait que quelques mètres avant le fond, et que là-haut la pointe renversée du sycomore était loin.

— Géniale, ta torche-momie ! hurla-t-elle au portable.

— Je t'aperçois... encore... un peu, grésilla Gulliver.

Elle avait mal aux mains et, comme la paroi devenait lisse, que ses pieds peinaient à trouver des appuis, que les branchages faisaient un bouchon au-dessus, elle fut saisie d'un violent vertige d'angoisse.

Elle demeura immobile le temps de respirer plusieurs fois. Elle planta la torche égyptienne dans une fissure, alluma deux autres qu'elle piqua dans d'autres fissures.

Ouf. Mieux. On voyait même la boue, les gravats et les branches dégringolées au fond. Son œil s'arrêta à mi-chemin, sur une brèche dans la paroi.

Il s'agissait d'un trou du diamètre d'une marmite. La peur d'Enid s'envola, remplacée par la curiosité. Elle se laissa glisser.

— Qu'est-ce que tu fous ? vociféra le portable.

À la chute du sycomore, le choc avait été si brutal que la paroi basse du puits était effondrée. À la hauteur du trou, le vent sifflait entre les blocs encore en place. Enid prit appui sur une pierre et tenta d'une main d'agrandir la brèche. Le vent projeta la poussière dans sa figure. Elle ferma les yeux en toussant, et cessa de creuser.

De toutes ses forces, elle appuya un talon sur une pierre en équilibre... La pierre bascula, et tout s'effondra autour de la brèche. Une rafale à la puissance inouïe jaillit comme un torrent, bondit sur Enid et l'écarta violemment, éteignant toutes les torches.

– Ça va ? crépita Gulliver.

– Je suis dans le noir et je ne trouve pas l'interrupteur !

– Idiote. Remonte !

Elle remonta de deux mètres dans l'obscurité. Elle frotta ses paumes contre le salpêtre de la paroi pour que ça glisse moins. Lorsqu'elle fut hors de l'influence du vent, elle ralluma une torche.

La brèche était devenue un trou énorme, béant sur une galerie ou un autre puits. Elle hésita. S'y engouffrer maintenant ?

Ses paumes brûlaient, ses bras et ses cuisses tiraient.

Elle se hissa le long de la corde, avec lenteur, glissant tout le temps. Quand elle toucha enfin le sycomore, les branches l'aidèrent tout juste à ne pas retomber au fond. Ses épaules étaient lourdes. Jamais elle n'aurait cru être si heureuse de revoir l'incisive cassée de Gulliver.

– Tu as retrouvé ta chauve-souris ?

Enid secoua la tête sans rien dire. Swift avait dû se réfugier dans le tunnel, abri idéal pour une pipistrelle.

– On y retournera, dit-elle. Faut juste mieux s'équiper.

Au salon, Bettina très énervée roulait sens dessus dessous les coussins du canapé.

– Une heure ! rugit-elle. Une heure que j'essaie de mettre la main sur mon portable ! L'avez vu ?

– J'ai celui de ma mère, murmura Gulliver, candide.

Enid se détourna, sortit discrètement l'objet de sa poche et le glissa sous le panier aux chats.

9

Fantôme en plein couscous
ou
Lettre d'un inconnu

Une flambée crépitait dans la cheminée de la cuisine.

Hortense était seule absente, pour cause d'anniversaire d'une fille de sa classe. Basile s'était lancé dans l'élaboration d'un couscous qui s'éternisait. Charlie était rompue par une bagarre sans merci (mais gagnée) avec Madame Chaudière. Geneviève s'enduisait le biceps avec l'élixir *Contrecoups de l'abbé Perdrigeon* (elle avait reçu le tranchant du pied de sa partenaire de boxe, mais tout le monde à la maison croyait à une facétie des petites Deshoulières). Enid élaborait mille et une façons de retrouver une chauve-souris dans un souterrain mystérieux. Et Bettina était à la grinche.

Par ailleurs une tempête se levait, le vent grossissait de seconde en seconde, la pluie frappait d'un côté les vitres qui, de l'autre côté, ruisselaient d'une douce vapeur de bouillon à couscous.

— Arrête de grincher, Bettina, par pitié ! gémit Charlie.

– Elle a ses bricoles, dit Enid. Chaque mois pareil.

– Même pas vrai ! Je ne les ai pas ! Menteuse. Et voleuse de portable !

– Menteuse toi-même ! Je ne sais pas comment ton portable a atterri sous le panier d'Ingrid et Roberto !

– Parce que tu l'y as mis !

– À propos, fit Geneviève au fond du fauteuil (déplacé expressément dans la cuisine afin de mirer Basile confectionnant son couscous), qui a fini le dernier paquet de Lulu Ultra Mince et oublié d'en racheter ?

Personne ne répondit, bien sûr.

– Je demande ça pour qu'on ne rachète pas le modèle avec les ailettes. J'aime pas avec les ailettes.

– Moi non plus, dit Bettina. Ça colle aux poils et ça fait mal.

Elle se rappela la présence de Basile, faufila un regard vers lui... L'air indifférent, il malaxait avec délicatesse une boulette de menthe et de coriandre. Elle pouffa. Geneviève aussi et Charlie sourit.

– C'est quoi les règles ? crut opportun de demander Enid.

– La fin du cycle menstruel féminin, répondit le docteur Basile en saupoudrant amoureusement son bouillon d'une pincée de cumin. L'ovule non fécondé et les structures endométriales se font la malle Chantal.

– Ça fait mal ? interroga Enid.

Basile goûta le bouillon, le couscous, et encore le bouillon. Il clapota du coin de la bouche.

— Le plus souvent non. Ce bouillon est une ambroisie... Mais ça peut arriver.

— Et pour les bébés?

— Quoi les bébés?

— Comment est-ce qu'on fait les...?

Charlie ouvrit la bouche pour couper court. Ce fut très précisément à cet instant qu'une puissante rafale ébranla la maison, et que le fantôme entama sa sérénade.

Ils cessèrent net de parler. Leurs cinq visages levés, leurs dix oreilles aux aguets. La plainte s'élevait des entrailles de la vieille bâtisse, modulée, douloureuse, tragique.

OOOOoooooohhhhhoooooOOOO...

Charlie et Bettina s'agrippèrent à Basile; Enid à Geneviève; Geneviève aux chats.

— *Oh my God*, hoqueta Bettina comme une teenager de film gore, mais réellement épouvantée.

La petite figure livide de Colombe apparut au chambranle de l'entrée, entre stupeur, frayeur et tresse défaite.

— Est-ce que c'est...? commença-t-elle.

OOOOoooooohhhhhoooooOOOO...

La mélopée vous empoignait au creux du ventre, vous tordait le cœur et l'estomac, suppliait, vous implorait, *pourquoi ooooh ouuuui pouuuurquoi tant de douuuuleurs?*...

Atroce.

Enid eut la vision de Guillemette Auberjonois

dans les flammes de son baldaquin. Elle étreignit son estomac… N'était-ce pas… les vibrations d'une harpe qu'on entendait ?

Ils étaient tétanisés.

Jusqu'à ce que Bettina réagisse. Elle bondit sur la stéréo et expédia un disque au hasard dans la gueule du lecteur.

La musique partit comme un coup de feu. Décapitant la tempête, la pluie, le vent ; effaçant gémissements et plaintes de la maison.

Ils furent surpris. Assourdis. Mais ô combien soulagés ! La tempête ne fut plus qu'un bruit d'avalanche souterraine. Quant au fantôme… Il fit ce qu'il devait faire, pffft, il disparut !

Il ne resta que la musique des *Demoiselles de Rochefort*.

> *Les marins sont bien plus marrants*
> *Que tous les forains réunis*
> *Les marins font de mauvais maris*
> *Mais les marins font de bons amants*
> *Marins, amis, amants ou maris*
> *Les marins sont toujours absents*

Bettina démarra une danse de démon. Basile quitta son couscous pour enlacer Charlie.

> *Veux-tu pour ça que je t'assassine*
> *Ou veux-tu que je meure d'amour ?*

Bientôt tout le monde se mit à sauter, trépigner, caracoler, à hurler à tue-tête :

Tu avais tout pour me séduire
Le nez, la bouche, le front, les ch'veux
Si tu avais eu les yeux bleus
J'aurais pu d'amour pour toi mourir...
... j'aurais pu pour toi mourir d'amour

– Stooop ! Téléphone.

Enid coupa le sifflet aux *Demoiselles*. Basile troqua Charlie contre sa marmite de bouillon. Bettina alla décrocher.

– Salut ! Je dérange ? Colombe est là ? J'ai retrouvé sa bague dans mon sac. Elle a dû y tomber l'autre soir...

Bettina se tourna vers Colombe :

– Clovis a retrouvé ta bague.

Enid, qui était près de Colombe, la vit battre des cils, l'air de ne pas y croire.

– Clovis ? répéta-t-elle. Ma bague ?

Elle devint un peu rose, puis un peu pâle. Avec la harpe spectrale en fond sonore, Colombe leur parut encore plus éthérée que d'habitude.

*
* *

– Non. Pas question de lui envoyer ça par e-mail. Elle se douterait que ça vient de nous.

Bettina se pencha.

– Pour qu'elle ne nous soupçonne pas, le mieux est de lui écrire chez ses parents. Puisqu'elle passe prendre le courrier en leur absence.

– Tu as leur adresse ?

Bettina exhiba un petit carré turquoise.

– Copiée sur l'agenda de Charlie.

Clovis fit la moue. Béhotéguy garda le silence. Denise trempa une lèvre dans sa limonade rose. Ils étaient à l'Ange Heurtebise, le cours de techno ayant été annulé pour cause de grippe (les élèves avaient traduit « crise de nerfs ») de M. Economidès.

– C'est bête, finit par dire Clovis, et pitoyable.

– Et… méchant, osa ajouter Béhotéguy.

Bettina rit, agitant le papier comme un éventail.

– Vous êtes trop sérieux ! Voyons, ce n'est qu'une blague.

– Rien de plus sérieux qu'une blague, dit quelqu'un. Vous avez l'air de conspirateurs.

C'était Juan, avec les macarons à la pistache de Denise. Bettina lui lança un regard. Pour une fois qu'il leur parlait ! Il jouait au rabat-joie.

Il posa l'assiette de macarons et repartit en hâte, l'air de ne pas vouloir déranger. Bettina contempla ses amis.

– Très bien. Je l'écrirai seule, cette lettre.

– Oh, bon. OK. Je joue avec toi, dit Denise. Et toi, Bého ?

– Je ne sais pas, fit Béhotéguy après un silence.

Juan revint avec le milk-shake de Clovis. Il se pencha :

– Au fait, dit-il à Clovis, tu n'as pas oublié de lui rendre ?

Clovis vira aussitôt écarlate. Comme les filles semblaient ignorer de quoi il était question, Juan leur dit :

— Votre amie, celle qui a la longue tresse…

— Colombe, coupa sèchement Bettina. Elle n'est pas notre amie.

Juan regarda le verre de milk-shake en continuant d'expliquer :

— Elle avait oublié sa bague. Vous savez, le jour du chocolat renversé. C'est moi qui l'ai trouvée sur le coin du lavabo. J'espérais qu'elle repasserait. Pour la lui rendre. Mais comme on ne l'a pas revue…

Les trois filles fixèrent Clovis qui resta muet. Juan avait remis la bague à Clovis. Mais… pourquoi Clovis avait-il prétendu avoir trouvé la bague dans son sac ?

— Il y a un problème ? demanda Juan étonné par leur silence.

Bettina leva les yeux. Juan ne leur avait jamais tant parlé. Elle devait au moins ça à «l'amie à longue tresse». Juan se tourna vers elle. Mais Bettina ne distingua rien dans ses yeux qu'un iris roux qui ne lui parlait pas. Elle sourit. Juan sourit aussi, agréablement, comme un serveur à une cliente.

— *No problem*, dit-elle. Colombe a récupéré sa bague.

Quel débile, ce Clovis. Il avait menti uniquement pour se faire mousser auprès de cette bêcheuse.

— Colombe. C'est comme ça qu'elle s'appelle ? continua Juan. C'est rare.

— Vaut mieux ! s'esclaffa Bettina.

Juan passa son torchon sur leur table, entre les soucoupes.

— Limonade ? proposa-t-il. Offerte par la maison.

Bettina surprit son regard rapide sur elle. Et, subitement, une idée la frappa. Et si...?

Son cœur fit un bond. Peut-être Juan faisait-il semblant de ne pas la voir. Semblant de ne pas lui trouver d'intérêt. Semblant... par timidité. Cette limonade qu'il leur offrait, par exemple... N'était-ce pas à elle qu'il l'offrait en réalité?

Il s'éloigna, mais pas tant que ça, de quelques pas. Comme s'il voulait rester proche d'eux. D'elle. Oui, elle ne rêvait pas. Il la regardait à nouveau. Il s'occupa d'autres clients mais son attention, Bettina le sentait, restait fixée à leur table.

Son cœur cogna vif, fort. Pour cacher ces pensées troublantes, elle piqua du nez dans son sac, piocha une feuille et un stylo. Elle respira.

— J'écris cette lettre.

— Si tu crois que...

— Encore une fois, ce n'est qu'une blague!

Elle écrivit et, tout en écrivant, lut:

Chère Colombe,

Tu ne m'as probablement jamais remarqué. Mais moi, depuis que je t'ai vue, je suis fou amoureux de toi. Je serai jeudi soir sur la place des Érables, exactement sous le cinquième érable, à gauche, le côté du cœur, à la fête de Halloween. Je serai habillé en Judex le cambrioleur. Toi, tu seras Irma Vep la fatale. Alors je volerai ton cœur. Car le mien, tu l'as déjà pris. Signé...

— Signé qui? demanda Bettina en relevant la tête. Je pensais à *Amour Sincère*.

— Au point où on en est ! marmonna Clovis.

— Tu ne vas pas envoyer ça ! chuchota Denise. Cette… cochonnerie ?

— Pourquoi pas ? De toute façon, c'est écrit.

— Relis.

Bettina relut la lettre.

— Un peu bla-bla à la noix ! nota Béhotéguy.

— Une lettre d'amour c'est forcément bla-bla à la noix.

— C'est toi qui as inventé « le mien tu l'as déjà pris », « à gauche, le côté du cœur », toutes ces âneries ?

— Non, admit Bettina. Un jour Basile a écrit une lettre dans ce goût-là à Charlie.

— Quelle abomination, s'écria Clovis écœuré.

— L'amour fait sortir de drôles de trucs ! soupira Denise.

— « Amour Sincère », c'est Basile aussi ?

— Non. Courrier du cœur de *Futile*.

— Tu as vraiment lu une lettre de Basile adressée à ta sœur ?

— Les hasards du nettoyage à sec. Alors ? *Alea jacta est ?*

— Si tu y tiens, soupira Denise.

— J'y tiens.

L'œil de Bettina devint rêveur.

— Je veux voir la tête de cette pimbêche, le soir de la fête, place des Érables, quand elle ira à ce rendez-vous et comprendra qu'Amour Sincère, c'est nous !

*
* *

Elles se rencontrèrent en ville au coin de la rue Vidor, la nuit d'automne était tombée dans un flot de feuilles brunes ; elles entrèrent en collision.

Bettina qui allait glisser la lettre d'Amour Sincère dans la boîte aux lettres des parents de Colombe.

Geneviève qui avait mené un train d'enfer à son sac de boxe thaïe.

Après le choc elles s'entre-regardèrent, l'une et l'autre ahuries. Elles rougirent. Par bonheur il faisait nuit, nous l'avons dit, cela ne se remarqua pas. Bettina ne voulait pas dire où elle allait ; Geneviève d'où elle venait. L'embarras de l'une masqua l'embarras de l'autre. Et vice versa.

— Je vais chercher Charlie au labo, expliqua Bettina. Tu rentres avec nous ?

Geneviève hésita. Elle était en sueur, sentait la fatigue et le combat.

Tout raconter aurait tout simplifié. Et Geneviève haïssait plus que tout mentir. Mais elle craignait les ricanements de Bettina, un haussement d'épaules d'une Charlie vexée, ou de devenir une moquerie dans le journal intime d'Hortense. Puis, dans le fond, ça lui plaisait d'avoir un secret.

— Non, dit-elle. Allez-y seules. J'ai des courses à faire. Je prendrai le bus.

Bettina s'échappa, soulagée de n'avoir pas à supporter une Geneviève trop lumineuse pour elle. Et Geneviève crut s'éviter la curiosité d'une sœur dont elle ignorait qu'elle était plutôt en veilleuse ce soir-là.

Quand Bettina arriva à l'adresse des parents de Colombe, sa mère se trouvait dans le hall de l'immeuble. Lucie Verdelaine avait beau porter un maillot de bain, un bob en jean rose, et tenir un cornet de glace praliné à la main, elle ne se priva pas de toiser Bettina d'un œil sévère.

— Maman... Qu'est-ce que tu fabriques là ?

— Es-tu bien sûre de ce que tu fais ? demanda sa mère sans élever la voix (elle élevait rarement la voix).

Bettina baissa les yeux sur l'enveloppe d'Amour Sincère ; elle hésita.

— Est-ce indispensable ? interrogea alors la voix de son père. Tu ne crois pas que tu vas le regretter ?

Il venait d'apparaître près de l'ascenseur. Il portait son grand tablier en plastique kaki, celui de quand il avait repeint le local de la chaudière.

— Est-ce indispensable ? répéta-t-il gentiment. Vraiment ?

Bettina ferma les yeux. Il fallait qu'ils disparaissent ! Tous les deux. Vite. Elle rouvrit les yeux. Elle était absolument seule. Elle murmura :

— Indispensable, oui.

Elle jeta la lettre dans la boîte.

*
* *

La Belle ajusta un point de colle sous le favori postiche de la Bête, qui dut se faire violence pour ne pas se gratter.

— Tu me plais beaucoup, la Bête! roucoula la Belle.

— Oui? grommela la Bête. Et quelle récompense aurai-je pour me prêter à de telles avanies?

— On y réfléchira, susurra la Belle.

Enid sortit de sa chambre au moment où la Bête extorquait un baiser à la Belle malgré les masques, perruques et maquillages. Enid prit une expression de profond chagrin.

— J'ai mal à la tête, gémit-elle. Et la colique.

La Belle redevint immédiatement Charlie pour repousser la Bête (qui leva son masque pour redevenir Basile). Elle s'agenouilla, inquiète, près de sa petite sœur.

— La colique? Tu as encore mangé des saloperies? Des fraises Tagada? Des Popeye au sorbitol?

Enid se frotta les paupières.

— Mme Leleu a dit qu'il y a une épidémie de gas-truc-machin dans notre classe.

— Allons bon! soupira Charlie.

Basile examina Enid, Charlie la mit au lit et décida de prendre sa température. Elle tambourina à la salle de bains où se trouvaient l'armoire à pharmacie avec le thermomètre et, pour l'heure, Bettina et ses copines.

— Thermomètre! leur cria Charlie.

La porte bâilla au bout de quelques secondes. Un bras sortit avec, au bout, un petit tube cylindrique. Charlie s'en empara, la porte aussitôt se referma.

— Gastro sans fièvre, conclut Basile après aus-

112

cultation. Pas méchant. Mais pas question de faire la fête. Médicaments, bouillon, et hop, repos !

— Je reste avec elle, décréta Charlie. Tant pis pour la fête.

— Pas la peine, dit Hortense qui venait aux nouvelles. Il était prévu que je passe la soirée ici. Tu sais bien que je n'aime pas la foule. Je ferai la garde-malade.

— Vous avez entendu Hortense ? s'époumona Charlie lorsque les autres vinrent s'agglutiner pour apercevoir la malade. Elle a horreur de la foule !

On coucha et on borda Enid. Puis l'on se prépara à monter en voiture pour aller en ville, qu'on fût déguisé en n'importe quoi (façon Béhotéguy, entre Mary Poppins et Échappée de l'Asile) ou en quelqu'un de précis (Bettina en Vicki Vale de *Batman*).

— Enid s'est couchée sans piper, s'étonna la Fiancée de Frankenstein (Geneviève).

— Elle doit vraiment être mal.

— Colombe ! s'exclama soudain Basile. On allait l'oublier.

Bettina échangea un regard avec ses deux amies. L'oublier ? Pas de danger.

Colombe apparut en haut du Macaroni. La surprise les cloua tous sur place.

Elle portait les collants et le body noirs d'Irma Vep, la célèbre vampire du cinéma muet, complice du beau Judex, le voleur en chapeau et cape de satin noir ; elle avait roulé sa tresse pour mieux ajuster son masque. Ça lui donnait une allure de danseuse. Bettina dut convenir que cela lui allait fichtrement bien, qu'elle était étonnamment jolie.

La fourbe.

— Je vais mettre un manteau, dit Colombe à qui leur silence étonné tira un sourire d'embarras. J'ai peur d'avoir froid.

Basile l'aida à enfiler son manteau, et lui offrit son bras libre :

— Six filles pour un garçon ! dit-il galamment. C'est vraiment soir de fête !

Bettina donna des coups de coude à Denise et à Béhotéguy : Colombe glissait en cachette une enveloppe dans sa poche. La lettre d'Amour Sincère...

Quand il n'y eut plus aucun bruit, que le chuchotis familier de la mer au bas de la falaise et le bruissement des pages du livre qu'Hortense lisait dans la chambre à côté, Enid s'assit sur son lit et murmura :

— Tu peux sortir.

Les chats virent alors la penderie s'ouvrir, et la tête rouge, soufflante, crachotante de Gulliver Doniphon apparaître entre les cintres.

— Tu m'as entendue dans mon numéro de malade ? chuchota Enid. J'ai été géniale.

— J'avais des moufles dans l'oreille droite, une raquette dans la gauche, et une capuche de duffle-coat sur la tête, répondit-il. Seuls les X-Men auraient pu t'entendre !

10

Le secret de Guillemette
ou
Amour, mystère et boule de pomme

À la lumière des torches égyptiennes, la boue au fond du puits avait l'aspect d'une soupe jaune. Peut-être y en avait-il, pensa Enid avec effroi, sur plus de 138 centimètres (sa taille à la dernière visite médicale de l'école) ? Si elle tombait, elle mourrait noyée, étouffée, sans pouvoir crier.

— J'ai pied ! cria Gulliver au-dessous, au bas de l'échelle de corde.

Quelle splendide idée, cette échelle de corde, elle s'en voulait de ne pas l'avoir eue. On tanguait dessus comme sur une chaloupe de paquebot... tout ça à l'intérieur d'un puits, sous un sycomore renversé !

— Attention au vent.

Le trou dans la paroi s'était encore élargi, d'autres blocs écroulés, le vent glacé jaillissait de là en grondant comme un fleuve. À son niveau les torches s'éteignirent. Sauf deux. Celles qu'ils avaient plantées dans un bocal d'asperges (idée d'Enid, dont elle était très fière). Leur flamme à l'abri montait droit.

Ils avaient aussi une lampe à piles. Gulliver avait des torches plein le sac à dos. Et des sablés à l'anis, des cakes aux fruits, une bouteille d'eau de 50 cl, des pétards du 14 Juillet en cas de détresse, une boussole, une boîte de pansements.

Enid se coula la première dans le trou, son bocal d'asperges à bout de bras. Ils étaient au début (ou à la fin) d'un boyau dont ils ne voyaient pas l'autre bout. Ils ne voyaient plus leurs baskets non plus, englouties par la soupe jaune. Sur les murs autour, des champignons veloutés donnaient l'impression qu'ils pouvaient grandir en vingt secondes si l'envie les prenait.

— Swift ! appela Enid.

Un rat rampa à la verticale, clone de Spiderman en plus poilu et moins rigolo. Une pierre dégringola sans bruit dans la soupe jaune.

— Chut, fit Gulliver.

— T'as peur ?

— Mmmmunpeu.

Ils firent une chose qu'ils n'avaient jamais faite depuis qu'ils se connaissaient : ils se prirent la main. Et ils avancèrent, pieds engloutis, *vouich, vouich, vouich*... Tous les dix pas, ils vérifiaient la boussole.

— Devine où on est, dit soudain Enid.

— Quelque part sous la terre, répondit Gulliver.

— Sous la maison.

À mesure qu'ils progressaient, le vent prenait de l'ampleur et donnait de la voix. Impossible de craquer la moindre allumette désormais. Enid alluma la lampe à piles.

— Écoute ! souffla Gulliver.

Un son... tout proche... Une clameur sourde... musicale... horriblement familière...

— On se trouve où, là ?

— Dans la falaise. Je crois.

Le plafond s'éleva brusquement et la galerie s'agrandit pour se transformer en une vaste grotte. Ce qu'ils virent alors les étonna si fort qu'ils poussèrent ensemble un cri.

*
* *

— L'enfer est vide ce soir ! s'écria quelqu'un dans la foule. Tous ses démons sont sortis !

Squelettes, sorcières, Dracula, Capitaine Crochet, Cruella, vendeurs de merguez et autres monstres erraient par les rues de la ville.

Denise, Béhotéguy, et Bettina s'exclamèrent de joie en tombant sur Clovis devant le pressing. Il était avec deux copains, tous déguisés en Harry Potter, petites lunettes, cicatrice, chouette et cape d'invisibilité (inefficace a priori).

— En panne, les capes ! se moqua Denise.

— Dommage pour toi, Clovis. Tu aurais pu espionner tu-sais-Qui.

— Colombe n'est pas avec vous ?

— On l'a charitablement laissée s'éclipser. Devine pourquoi...

Elles rirent.

– On va la retrouver, va.

Elles étaient convenues avec Basile, Charlie et Geneviève de se retrouver dans une heure sur l'esplanade où l'on sacrifierait Loïk le Faucheux sur son bûcher, et d'où serait tiré le feu d'artifice.

Clovis sema ses deux copains et, lorsque l'horloge du beffroi indiqua moins vingt, il suivit Béhotéguy, Denise et Bettina en direction de la place des Érables où le bal des Créatures se trémoussait avec entrain. On voyait la Belle qui rock'n'rollait ferme avec sa Bête.

– Récapitulons, chuchota Bettina. On se planque le plus près possible de l'érable numéro 5.

– Bâbord. Côté cœur, ricana Denise.

– Quand vous-savez-Qui pointe le bout de son nez...

– On la laisse mariner un peu, et puis...

– Wâââââ !!!

– Quoi, wââââ ?

– On lui tombe dessus et on lui crie : « Wââââ ! Amour Mystère, Amour Par Terre ! »

– C'est trop nul, dit Béhotéguy.

– Débile. Mais ça me fait rire ! rétorqua Bettina.

Ils trouvèrent où se cacher derrière le kiosque à journaux fermé, et dans un buisson de mufliers rouges. Ils s'installèrent par deux et, donc, attendirent.

Le rock'n'roll était devenu une valse. La Belle se lova contre sa Bête.

– Ils vont se marier ? souffla Béhotéguy qui faisait équipe avec Bettina dans les mufliers.

– Qui ?

– La Belle et la Bête.

– Ils le seraient déjà… si Basile faisait moins la Bête !

– Charlie ne l'aime pas ?

– Je suppose que si.

– Ils couchent ?

– Depuis des lustres et belle lurette. En ce moment, comme il habite à la maison, il fait semblant de dormir dans le bureau de papa, mais tout le monde sait qu'à l'extinction des feux il va la retrouver dans sa chambre.

Béhotéguy tira la manche de Bettina. Derrière le kiosque, Clovis et Denise avaient vu eux aussi…

Irma Vep !

Sa silhouette était en partie effacée par le manteau marine, son visage cagoulé et masqué d'un loup noir. Irma Vep s'appuya sur une borne de la place, regarda l'heure au beffroi et attendit.

– Pile poil à l'heure.

Ils ne bougèrent pas. Pas exactement pour « la faire mariner » comme prévu. Plutôt qu'ils ne savaient trop quoi faire, ni comment, ni à quel moment. Clovis fit un signe interrogateur vers les mufliers. Allaient-ils sortir en criant ? Bettina secoua la tête. Pas tout de suite.

– On y va quand ? chuchota Béhotéguy.

Personne ne savait. Ils se sentaient imbéciles tout à coup. Se demandaient s'il ne valait pas mieux prendre leurs jambes à leur cou. Aucun n'osa le dire.

Côté bal, la valse redevint rock'n'roll, la Bête alla

acheter deux Perrier à la buvette, en offrit un à la Belle, et ils se remirent à rock'n'roller. La Belle avait chaud, son maquillage virait crémeux, elle commençait à ressembler à la Bête.

Nouveau coup d'œil au beffroi. Irma Vep regardait autour d'elle. Dans le buisson et derrière le kiosque, les comploteurs se tassèrent.

— Eh bien ? articula Clovis en silence. On y go ?

Soudain… Une silhouette apparut de l'autre côté de la place. Celle d'un garçon, en haut-de-forme et cape de satin noir.

— Hé ! souffla Denise. Pince-moi !

Ils se fixèrent tous les quatre, sidérés.

— Judex !

Par quel ahurissant passe-passe un Judex débarquait-il dans leur blague ?

La stupeur leur fit oublier la prudence. Ils se redressèrent pour tenter de deviner le visage sous le déguisement, l'humain derrière le rôle.

Judex s'approcha d'Irma Vep. Sa bouche sous le masque s'ouvrit en un large sourire.

— Merde ! glapit Bettina à voix basse. C'est qui ce mec ?

— Amour Mystère, grommela Clovis.

Pas du tout prévu !

Quand Judex fut assez près, Irma Vep lui sourit. Quand il s'arrêta devant elle, elle leva sa main gantée de noir et se démasqua. Sa figure blanche apparut, sa tresse roula.

L'expression qui illumina alors le visage de Colombe, personne ne pourra jamais la décrire, songea Bettina. Ce fut un éclair, un éclat qui jaillit de ses yeux depuis son âme, se dit Béhotéguy. Si le bonheur est une étincelle, pensa Denise, le visage de Colombe est une explosion d'étincelles. Clovis trouva, quant à lui, qu'elle n'avait jamais été aussi jolie.

Ils demeurèrent dans l'ombre, silencieux, conscients qu'il se passait quelque chose d'imprévu, quelque chose qu'ils ne comprenaient pas, qui les dépassaient.

Judex souriait aussi mais il gardait son masque. Il prit Colombe par le coude et lui parla à l'oreille. Il montra un scooter garé à deux mètres.

— Il... il va l'embarquer!

— Ils ne vont pas partir et nous laisser comme ça? s'indigna Denise.

Après un long temps (la musique du bal changea une fois, nota Bettina), Judex retira enfin son chapeau de satin, glissa les doigts dans ses cheveux. Après quelques paroles qu'on ne pouvait pas entendre, Colombe leva les bras et, doucement, ôta elle-même le masque de Judex.

Au kiosque et dans les buissons, on dut se retenir pour ne pas hurler. Clovis lâcha: « P'tain! » à voix basse.

Le garçon sans masque qui enfourcha le scooter et qui jucha Colombe derrière lui, ce garçon dont elle enlaça la poitrine avec un éclatant bonheur, celui qui démolissait leur sale petite blague le plus tranquillement du monde pour inverser les joies de la soirée, ce Judex aux beaux yeux sombres et aux cheveux doux, c'était Juan.

— P'tain, répéta Clovis.

Il n'en revenait vraiment pas.

Le scooter aux deux silhouettes enlacées contourna la place, les frôla sans les voir. Bettina eut juste le temps d'apercevoir deux sourires.

*
* *

La grotte était large et haute, c'était une sorte de crypte. Et la lampe avait fait jaillir de l'ombre deux masses sombres.

Ni Gulliver ni Enid ne comprirent tout de suite de quoi il s'agissait. Puis ils virent que c'étaient deux tombeaux bâtis à même la roche.

Les deux enfants restèrent immobiles, pétrifiés par la peur, la peur du noir, la peur du sacré, de ces morts qui venaient de surgir des ténèbres. Peur de ce chant plaintif qui arrivait de nulle part et de partout. Car c'est bien ça qu'ils entendaient, ils étaient même en plein dedans... L'horrible chant du fantôme !

OOOOoooooohhhhhooooooOOOO...

— J'ai peur, murmura Gulliver.

En face, s'ouvrait un autre tunnel, plus étroit que celui qu'ils avaient quitter. Un courant violent en venait ; un vent sauvage, multiplié par la forme en goulot.

Enid écouta... Le vent, la musique qui arrivait par vagues... au gré des vagues... du vent... Elle pointa la lampe vers les hauteurs de la crypte.

La voûte tremblotait de centaines de petits cônes qui pendaient comme des grappes de raisin. L'une d'elles se détacha subitement du plafond et tomba droit sur eux. Gulliver esquiva. Enid sentit un tissu chaud, frémissant, lui frôler le cou.

Enfin, enfin, elle comprit.

— Swift ! C'est Swift !

La pipistrelle exécuta une sorte de ballet vibrant et joyeux autour d'elle, l'air de la saluer.

— Elle me reconnaît.

Quelque chose, peut-être un sanglot, peut-être un rire, dansait dans la poitrine d'Enid. Un quelque chose qui resta muet, incapable de s'échapper. La chauve-souris regagna peu à peu la voûte dans son étrange vol clignotant et se fondit parmi les grappes.

— Regarde.

Gulliver captura la roche dans le cercle de sa lampe. Ils virent un objet grandiose, magnifique, sculpté dans la pierre. Et tout devint clair. Enid sut enfin qui était le fantôme.

Haute de plus d'un mètre, une harpe se dressait sur un piton de pierre. Son manche était ourlé dans le granit mais ses cordes étaient de véritables cordes, tendues à l'extrême. Elles vibraient.

Le vent déboulait comme un diable du tunnel en goulot, balayait la crypte, frappait les cordes de la harpe, les secouait, les tourmentait, les animait, car il avait mille doigts, et libérait ce *vibrato* poignant comme une plainte.

— La mer... Elle est à l'autre bout.

Ils se trouvaient au cœur de la falaise. Gulliver repensa au schéma de Mlle Hans-Rim sur l'appareil digestif. Une bouchée de pain y descendait, cahin-caha, dans des tubes, des boyaux, des tortillons. Deux bouchées dans le ventre d'un monstre en pierre, voilà ce qu'ils étaient.

— On l'entend fort. Ce tunnel doit déboucher sur le flanc de la falaise, au-dessus de la mer.

Par tempête, quel concert! Quelle symphonie! Quel déchaînement! Avec quel appétit le vent «jouait» alors de la harpe! Jusqu'à être entendu au travers des murs de la maison; jusqu'à emplir le parc entier de cette musique venue d'ailleurs!

— Comment se fait-il qu'on ne l'ait jamais entendue avant? interrogea Gulliver.

— Le sycomore. En démolissant la dalle du puits et la paroi, il a libéré le vent. C'est ce qui provoque ce courant d'air de géant.

La peur les quitta aussi brusquement qu'un paquet tombé de leurs épaules. Ils avancèrent doucement, toujours en se tenant la main, vers les sépultures. Sur l'une d'elles, dévorée de champignons, ils purent déchiffrer:

« Ci-gît
Guillemette Auberjonois, baronne d'Esquille.
Priez pour son âme qui trépassa
la nuit du 23 octobre 1870.
Que sa harpe enchante son au-delà.
Jildaz, l'époux bien-aimé qui la pleure. »

L'autre était celle de Jildaz Auberjonois, qui s'était poignardé le cœur de chagrin.

Enid et Gulliver contemplaient les deux sépulcres tandis que, au-dessus de leurs crânes, l'âme de Guillemette jouait de la harpe via l'esprit du vent. Enid pensa à ses parents morts, brûlés eux aussi, dans leur voiture accidentée. Et brusquement, là, sous la terre, elle se mit à pleurer.

*
* *

Juan paya les deux cornets de châtaignes grillées, en offrit un à Colombe. Ils étaient sur un pont de la rivière qui traversait la ville. Apparut un défilé de monstres brandisseurs de potirons illuminés, qui chantaient: « Au village on a de beaux assassinats... »

Sans regarder Juan mais tout en épluchant une châtaigne, Colombe se décida à parler la première :

— Je peux dire deux choses ?

Il répondit oui bien sûr, prit un marron, dit *« fff »* ça brûle ces machins, et l'écouta.

— D'abord ta lettre, dit-elle. Je l'ai trouvée stéréotypée. Convenue. Amour Sincère, et toutes ces sornettes...

— Je ne t'ai pas envoyé de lettre...

— Tu ne m'as pas écrit ?

— 'on, dit Juan la bouche pleine. Ouaw ! 'est 'aud !

— Tu ne m'as pas donné rendez-vous sur l'Esplanade, toi en Judex, moi en Irma Vep ?

— Pas du tout. Mais Irma Vep, ça te va super-bien.

Elle souffla sur son marron décortiqué, plissa le nez. Sur le qui-vive.

— Explique-moi. C'est un complot ?

Il sourit.

Et elle eut très envie de l'embrasser.

— Un vrai complot. Un complot avec des comploteurs. Mais qui nous donne l'occasion de nous revoir.

— Tu as monté une blague avec les autres ?

— Plutôt contre.

Il vit qu'elle était au bord des larmes.

— Je n'ai rien à voir avec eux, se hâta-t-il de préciser.

Et il lui expliqua tout. Comment il les avait entendus conspirer à l'Ange Heurtebise alors qu'il servait la table d'à côté. Comment il en avait été révolté. Comment il avait décidé de déjouer leur intrigue en faisant apparaître Judex.

Colombe l'écouta. Avec beaucoup d'attention au début. Puis de moins en moins. Elle regardait trop ses yeux, se berçait trop de sa voix. Quand il eut terminé, elle sourit.

— Tu as voulu leur donner une leçon ?

— Je ne suis pas un donneur de leçons. Disons que j'aime aussi les farces.

Il lui offrit le marron qu'il venait d'éplucher. Elle le prit.

— A'en'ion ! 'est 'aud ! dit-il en s'imitant lui-même, comme s'il mâchait un marron brûlant.

Elle croqua le marron. Il était parfait.

— Donc, tu as fait ça seulement pour rire ?

— Pour rire avec toi. Rire avec quelqu'un, ça veut déjà dire... plein de choses.

Elle dégusta le marron. Puis :

— Tu sais, ma bague... J'ai fait exprès de l'oublier sur le rebord du lavabo.

Une épluchure grillée s'échappa des doigts de Juan. Des potirons lumineux marchaient sur le pont en chantant: «Andy Hardy avait deux têtes, l'une sur les épaules, l'autre sous son bras...»

— Tu veux dire exprès-exprès?

— Mmm.

Il rougit. Au moins autant qu'elle.

— Pousse-toi, Mandrake! l'apostropha un monstre vert qui défilait.

— J'avais envie qu'on se revoie, dit-elle.

— Je t'ai attendue. Pourquoi tu n'es jamais passée la récupérer?

— Vous gênez le passage, voyez pas? leur cria un monstre violet qui les jeta l'un contre l'autre.

— Je suis venue. La première fois, tu livrais des croissants. La seconde, je n'ai pas osé déranger, tu étais occupé avec un groupe de touristes.

— Vous allez avec nous? les invita un minuscule monstre rose. On va brûler Loïk le Faucheux.

— On n'a pas d'allumettes, lui répondit Juan.

— Et on ne connaît pas vos chansons, ajouta Colombe.

— Et on n'a pas les couleurs qu'il faut, acheva Juan en montrant leurs habits noirs.

Le monstre rose leur tira une langue rose et partit.

Ils n'avaient plus envie de châtaignes.

— Je te raccompagne, dit Juan.

Un monstre bleu et un jaune fermaient le défilé en traînant les pieds. Juan offrit son cornet de châtaignes au monstre jaune, Colombe le sien au bleu. Les deux monstres, ragaillardis, rattrapèrent le défilé en braillant : « Andy Hardy a bien dix doigts, mais ils sont là où il faut pas… »

Juan prit deux casques dans le compartiment sous le siège du scooter, rangea son haut-de-forme à la place. Il donna un casque à Colombe et enfila le sien pendant qu'elle s'installait.

Le feu d'artifice éclata d'un coup, dans un Niagara de bruit et de lumières. Les monstres du défilé changèrent de couleurs.

Vite, très vite, jetant ses mots comme des sacs encombrants, Colombe s'écria :

– Il reste trois jours. Seulement trois. Mes vacances sont finies. (Avec une grimace :) Je suis en zone C.

« Andy Hardy n'a plus d'œil mais il a trois bras ah ah ah… »

– Demain, dit Juan, c'est Toussaint. On part ramasser des pignons en forêt avec mon oncle. Tu viendras ?

Trois jours. Ne pas penser que c'était court. Mais que demain serait le premier. Et que ce serait magnifique. Juste absolument magnifique.

– Dis oui.

Il s'assit sur le scooter. Il ne démarra pas tout de suite. La nuit, par-dessus, éclata en comètes, en arcs-en-ciel, en volcans.

Elle mit les bras autour de lui. Elle posa la joue sur son dos et serra fort.

– Oui, murmura-t-elle en fermant les yeux.

11

Pensées dans un lit
ou
On lit dans mes pensées

Le plus horrible, ce qui l'emplissait de rage, de colère, de honte, était d'avoir cru que Juan s'était un jour intéressé à elle. Elle aurait voulu hurler de tout son cœur, mais tout ce qu'elle pouvait faire, c'était manger son oreiller et déglutir ses larmes.

Bettina avait parfaitement compris la trahison de Juan. Tra-hi-son. Comment avait-il pu prendre le parti de cette pimbêche ? Comment pouvait-il lui trouver de l'intérêt ? Comment ? Elle n'arrivait pas à comprendre.

Sa gorge couina, ses narines s'emplirent de larmes. Bettina suffoqua comme une noyée. Elle avait la sensation douloureuse et misérable d'avoir le cœur planté de clous.

Elle s'assit sur le lit, hors d'haleine, le coin du drap roulé dans la bouche. L'image de Colombe, avec son teint de crème fraîche, sa tresse et des yeux

tranquilles, traversa les ténèbres de la chambre…
Bettina ouvrit ses yeux brûlants de larmes. Il faisait
nuit et Colombe n'était pas là, bien entendu. Elle
était à côté, dans la chambre d'amis… Un sanglot
de rage lui coupa la respiration.

Elle finit par se lever. Le parquet était glacial.
Elle fouilla la commode, fébrile, trouva ce qu'elle
cherchait. Une paire de ciseaux pointus.

Elle ouvrit sa porte sans faire grincer les gonds
et, tel un fantôme, Bettina entra dans la chambre
d'amis.

*
* *

Enid, un couloir plus loin, ne dormait pas plus
que Bettina. Mais elle était nettement moins tour-
mentée.

Blottie dans son lit, Roberto sur un flanc, Ingrid
sur l'autre, la petite écoutait. Le vent montait.
Deviendrait-il assez fort pour que les vibrations
traversent les murs de la Vill'Hervé depuis la
crypte ?

Elle finit par entendre. Mais pas tout de suite. Au
milieu de la nuit, quand le vent l'éveilla à la presque
fin d'un rêve. Enid ouvrit un œil mais resta immobile. Elle n'avait plus peur. Elle éprouva même du
plaisir à écouter cette drôle de mélodie. Et à se dire
qu'elle était la seule personne de la maison à savoir
d'où elle venait.

Elle vit qu'on entrebâillait la porte. Elle ferma les
yeux illico. Ingrid et Roberto itou.

Enid reconnut Charlie et Basile. Ils chuchotaient :

— Tu vois, elle n'a pas peur : elle pionce.

— Cet abruti de fantôme fait pourtant un de ces boucans !

— Tu n'y crois pas sérieusement, j'espère ?

— À quoi ?

— À ce fantôme.

— Non.

Charlie avait hésité avant de répondre. Enid respirait à peine. Charlie reprit tout bas :

— Flagrant délit. Je me doutais que ces deux sacs à puces dormaient avec elle.

— J'en connais deux autres qui sont en situation irrégulière...

— Pour toi, tout le monde est au courant.

— Nous sommes censés l'ignorer.

— Chut, elle va se réveiller.

— Si ça se trouve, elle fait semblant.

Enid serra les paupières. Elle avait très envie de bouger, de se tourner, d'éternuer, de parler, de rire, de...

— J'aimerais qu'il arrête ses conneries.

— Qui ?

— Le fantôme.

Quand ils sortirent, la porte se rabattit sans bruit. Enid ouvrit les yeux. Elle se sentait en paix avec la musique, en paix avec tous les fantômes de la terre et d'ailleurs. Le secret de Guillemette était devenu le sien. La harpe était sa façon de parler aux humains. Enid caressa Ingrid et Roberto.

— Top secret. Dites : « Je le jure. »

Ils jurèrent. C'est-à-dire qu'ils gloussèrent d'ennui. Mais Enid était apaisée. Elle avait retrouvé Swift et découvert le secret du fantôme.

Quand on rencontre l'Éternité à neuf ans et demi, on ne craint plus grand-chose.

*
* *

Un bout de soleil s'allongea sur un coin de couette et parut vouloir se reposer là. Mais il se releva pour aller pianoter azertyuiop sur le clavier de l'ordinateur, bifurqua, qsdfghjklm, et tomba, bing, sur l'œil de Bettina.

Pendant une seconde Bettina se sentit exactement pareille aux autres matins, en résumé une fille plutôt pas moche, sans histoires, rien d'autre à se reprocher qu'un 4/20 en sciences ou que se trouver moins ravageuse que Renee Zellweger, bref, aussi heureuse qu'on peut l'être à treize ans et demi.

La seconde suivante la saisit d'une puissante envie de vomir. Sa tête était pleine de douleurs ; et toujours ces clous au cœur. Non, ce n'étaient plus les mêmes. Ce n'étaient plus ces clous de rage ou de colère. Plutôt de dégoût, et de honte. De culpabilité. Une question horrible se posa à elle.

Comment affronter le regard du monde aujourd'hui ?

Elle cacha son visage et essaya de se rendormir.

— Tu devrais te lever, fit la voix de son père.

— Tu devrais te lever, fit la voix de sa mère.

Ils étaient en tenue d'équitation, avec des traces d'herbe aux talons. Ils avaient l'air pressé.

— Allez. Tôt ou tard tu devras affronter.

Sa mère lui caressa la joue:

— Courage. Tu sais ce que tu as à faire. On t'aime.

Bettina plongea la figure dans l'oreiller.

Deux minutes plus tard on frappa à la porte. Son cœur gigota comme un fou.

— Bettina? appela Geneviève. Dix heures!

— Mmm.

— Tu vas bien?

— Mmm.

Puis Enid s'en vint claironner:

— Tu es réveillée?

— Mmm.

— On t'a gardé de la crème de chez Sidonie!

Bettina se boucha les oreilles. Ce qui ne l'empêcha pas d'entendre Charlie tambouriner:

— Debout là-dedans! Tu m'entends?

Charlie poussa la porte, déboula dans la pièce, tira le rideau en clamant que 10 heures du matin était une limite raisonnable pour...

— OK, OK, OK, grommela Bettina. Je descends.

— Et ne te lave pas les cheveux un par un, s'il te plaît, on a encore besoin de la salle de bains!

Pourquoi disait-elle ça? Non, probablement par hasard. Bettina n'occupa pas la salle de bains trois heures mais fit néanmoins les choses avec lenteur. À un moment, Hortense vint lancer à travers la porte :

— Continue, et ce sera bientôt l'heure du dîner !

Vint le moment où il fallut VRAIMENT descendre. Elle ne pouvait plus reculer.

Bettina saisit son courage par les cornes et l'emporta comme elle pouvait. Elle devait absolument descendre avec lui. Ce ne fut pas sans peine car il voulait se sauver, lui échapper, la laisser se dépatouiller toute seule. Lui aussi avait honte. Mais ils finirent par atteindre la cuisine ensemble.

On y finissait la vaisselle du petit déjeuner. Charlie et Hortense lavaient, Basile, Geneviève et Colombe essuyaient et rangeaient. Belle journée de Toussaint en somme.

Bettina regarda vers Colombe. Colombe l'observait déjà, avec cette expression indéchiffrable. Était-ce un sourire ? Bettina, mal à l'aise, détourna la tête.

— Toi aussi, hein, tu es surprise ? s'exclama Enid.

— Nous, on trouve ça super-joli, appuya Charlie. N'est-ce pas qu'on l'a toutes trouvée jolie, Colombe, comme ça ?

— Tous, corrigea doucement Basile. Le masculin l'emporte sur…

— Le plus incroyable, c'est qu'elle les a coupés sans l'aide de personne. Fortiche, non ?

Colombe glissa ses dix doigts dans ses cheveux très courts, cela fit des sillons. Comme la fourchette dans la purée, nota Bettina.

— Ça m'a pris comme ça, expliqua-t-elle. J'ai

rêvé cette nuit qu'on coupait ma tresse. Ce matin, je... j'ai fignolé le travail.

— Dis-lui, Bettina, qu'elle est jolie comme un cœur.

Bettina but un verre d'eau. Pouh. Horriblement amer. Et Colombe restait irrémédiablement jolie.

— Elle est très bien, dit-elle tout bas.

— De notre Bettina, ce « très bien » est un super-compliment... Colombe, tu peux le traduire par « divine » !

Le sourire invisible de Colombe raviva la colère de Bettina. Oh, qu'elle la détestait ! Elle haïssait la gentillesse de ses yeux calmes et de son pieux mensonge ! Elle aurait préféré une dénonciation ! Qu'elle dise : « C'est elle ! Bettina a tranché ma tresse d'un coup de ciseaux, cette nuit, pendant que je dormais ! Bettina est une jalouse ! une envieuse ! »

Mais non. Elle avait *charitablement* menti ! Bettina aurait voulu la mordre pour ça.

« Elle s'attend à ce que je lui fasse des excuses, songea Bettina en battant méchamment son yaourt dans ses céréales. Elle peut mourir ! »

— Tu montes ton yaourt en neige ? se moqua Hortense.

Bettina posa sa cuillère.

— Je dois partir, dit soudain Colombe (elle avait rosi). Je... Des amis m'ont proposé une balade en forêt avec eux toute la journée.

Bettina la regarda une nouvelle fois. Elle pensa :

« Elle a l'air bien trop heureuse pour que je lui fasse des excuses ! »

De sa poche, Bettina sortit la tresse coupée et la posa sur la table, devant Colombe.

— Tu n'as pas rêvé, dit-elle. On t'a coupé les tifs cette nuit.

Colombe contempla la tresse, la caressa du bout d'un doigt. Elle la souleva comme un serpent mort et, posément, la jeta dans la poubelle en fer vert.

— Ça m'aide à me sentir différente, murmura-t-elle. Mais je ne te remercie pas, ça te mettrait en colère.

*
* *

Pour la première fois depuis la mort de ses parents, Enid passa sans courir devant la quatrième porte du premier étage. Elle faillit même entrer.

Mais non. Ça, elle le ferait une autre fois.

Dans le matin ensoleillé de Toussaint, les cinq sœurs allèrent fleurir de bruyère les tombes vides de Lucie et Fred Verdelaine.

L'après-midi, M. Belmonbiche téléphona. Il avait une heure de libre, une tracteuse de libre, un collègue de libre, bref, tout était époustouflamment libre, est-ce qu'ils pouvaient venir dégager le sycomore de son puits?

— Pas trop tôt! soupira Charlie en raccrochant.

Enid sentit son cœur battre. Sous le sycomore, M. Belmonbiche remarquerait-il le trou? Le tunnel? Le vent? Que dirait-il? Que ferait-il? Le secret serait-il découvert?

Il remarqua le trou, évidemment. Pourtant il ne

fit rien. Philippe Belmonbiche était un professionnel. Mais un professionnel dé-bor-dé. Et il savait les
Verdelaine très fauchées.

— Colmater c'truc ? Pose et Dépose. Échafau-
dage. Escalade. Rebouchage. Ça va vous coûter …

Et de proférer un de ces chiffres cardiotoniques
dont il avait le secret.

— Non, dit fermement Charlie. C'est trop.

Cela arrangeait M. Belmonbiche. Avec ce défilé
de tempêtes, il avait du boulot jusque-là et au-delà.

— Bon, conclut-il, on r'colle le couvercle.
Ciment. Pas cher. On r'bouche. Ni vu ni connu.

Son chewing-gum était rose aujourd'hui, et folâ-
trait toujours d'une molaire à l'autre, entre *é* et *i*.

Le sycomore fut tracté, hissé dans une benne, le
couvercle du puits réparé, posé sur la margelle.
M. Belmonbiche et collègue furent chaleureusement
remerciés. Enid, soulagée, regarda le camion qui
s'éloignait dans l'impasse.

L'après-midi elle téléphona à Gulliver qui revenait de son volley.

— Bouché, le puits ? dit-il. Comment qu'elle va
faire ta chauve-souris pour sortir ?

Elle haussa les épaules.

— Idiot. Par la falaise. Le tunnel qui donne sur la
mer. Dis ?

— Mmm ?

— On ira voir ça de la plage ?

— Mmm.

— Dis ?

— Mmm ?

— Top secret, hein ?

— Top de top.

— On verra par où qu'elle entre et sort.

— Bon, dit Gulliver avec un enthousiasme modique. C'est quoi, au fait, son nom, à ta chauve-souris ?

Hortense surgit, hagarde, dans le vestibule. Enid raccrocha en vitesse.

— Branle-baaaaas ! brama Hortense.

Nul besoin d'en dire plus. À la Vill'Hervé, « Branle-baaaaas ! » était le cri de guerre qui précédait chaque apparition de tante Lucrèce.

Sa Twingo passa le double porche et stoppa devant le perron arrière, côté cuisine. Charlie noua en hâte un tablier ciré autour d'elle pour masquer son tee-shirt à trous-trous. Bettina effaça son rouge à lèvres d'un coup de torchon. Enid poussa Ingrid et Roberto hors de la maison pour cause d'allergies goujates de la tata, et incompatibilité avec Delmer, son swamp-terrier. Quant à Hortense et Geneviève, elles ne firent rien, sinon essayer d'avoir l'air normal, ce qui leur donna l'air louche. Basile, lui, prépara son sourire le plus médicinal.

Lorsque tante Lucrèce parut, avec son tailleur du catalogue Tamard, sa mine la plus excédée, et Delmer qui bavait, elles surent qu'elles sacrifieraient, comme chaque fois, l'après-midi à ses lamentations.

— Quelle course ! souffla la tante en s'effondrant dans le canapé, presque sur Delmer.

À cet instant précis, Ingrid réintégra en catimini

la maison, bientôt suivie par Roberto. Ils négociè-rent un chemin qui devait leur éviter une rencontre avec Delmer, mais le chien les aperçut et aboya à casser les oreilles.

Il bondit par-dessus la tata qui poussa un cri. Et tandis qu'il partait courser les félins félons à l'étage, tante Lucrèce s'écroula un peu plus dans le sofa, au bord de la syncope.

— Vite, mon sac ! gémit-elle. Mon vieil arma-gnac ! Mon vieil armagnac...

Bettina bondit sur ses pieds et tourna la tête dans tous les sens, l'air de chercher quelqu'un.

— Un vieillard maniaque ? répéta-t-elle. Où ça, un vieillard maniaque ?

Fin du tome 1